刘永强作品集

刘永强　著

中国社会出版社
国家一级出版社·全国百佳图书出版单位

目 录

导 师

纪念马克思诞辰200周年

刘 永 强 作 品 集

1. 摩泽河畔，特利尔市布吕肯街664号。

马克思出生后在父母怀抱中。

旁白：“卡尔·马克思，1818年5月5日生于德意志联邦普鲁士王国莱茵省特利尔市一个犹太人家庭。父亲亨利希·马克思是律师，基督教新派教徒，母亲罕丽达是荷兰人。”

2. 乌培河谷，巴门市罗特街8号。恩格斯出生后在父母的怀抱中。

旁白：“弗里德里希·恩格斯，1820年11月28日生于德意志联邦普鲁士王国莱茵省巴门市一个日耳曼家庭。父亲老弗里德里希·恩格斯是纺织厂主，基督教虔诚派教徒，母亲伊丽莎白。”

3. 特利尔西梅昂街1070号。1830年。

这是马克思的第二个住所。

一天早晨，一家人准备吃饭。马克思家人除父母外，还有姐妹兄弟。索菲娅（15岁）、海尔曼（12岁）、小罕丽达（11岁）、路易莎（10岁）、埃米莉（9岁）、卡罗琳（7岁）、爱德华（5岁）。

他们在用餐前同做祷告：“上帝，感谢你赐给我们精美的食物，阿门！”

4. 西梅昂街头。（时间同上。）

早饭后，马克思背起书包去上学，姐姐索菲娅同行。

他们在路上遇见邻居燕妮·冯·威斯特华伦（17岁）和埃德加尔·冯·威斯特华伦（12岁）姐弟。

马克思和埃德加尔一起去学校，索菲娅和燕妮去不远处的罗马街燕妮家。

5. 特利尔中心广场。(时间同上。)

马克思和埃德加尔走来，看见周围大片的贫民窟，衣衫褴褛的人们在垃圾堆里寻找能吃的东西。

两个人脸上带着同情的神色，然后去往特利尔中学。

6. 特利尔中学。(时间同上。)

马克思和埃德加尔坐在教室里，听校长兼历史教师维登巴赫讲学。

7. 恩格斯。1830年。

一天早晨，恩格斯一家准备吃饭。恩格斯家人中除父母外，还有弟弟妹妹。海尔曼（9岁）、玛丽娅（7岁）、安娜(6岁)、埃米尔（3岁）、海德维希（1岁）。他们在用餐前同做祷告："圣主所赐之物，我等感激称颂，阿门!"早饭后，恩格斯背起书包去上学，母亲给他一个小包："这是中午的饭。"恩格斯看了下包说："太多了，吃不了。"拿出一部分。

8. 巴门市街道上。(时间同上。)

恩格斯往学校走，沿路不断有穷孩子伸手乞讨："行行好，给点吃的吧!"

恩格斯把午饭包打开，把食物分给几个孩子，但是还有人要。

恩格斯："我明天再给你们拿来。"然后无奈地走了。

9. 巴门文科学校。(时间同上。)

恩格斯坐在教室里，听法语教师希弗林博士讲学。

中午，恩格斯看着同学们美滋滋地吃饭，自己嘴里冒馋水，肚子咕咕叫。

10. 恩格斯家。(时间同上。)

11. 晚上，恩格斯在饭桌上狼吞虎咽。

老恩格斯责怪："瞧你那副饿狼相，三天没吃饭啦？"

伊丽莎白："孩子大了，饭量当然会增加嘛！"

恩格斯："是呀，妈妈，我也觉出来了，明天上学我得多带些中午饭了。"

伊丽莎白："好啊！"

12. 巴门市街道上。第二天早上。

恩格斯在上学路上又把中午饭分给了流浪儿们。

分到食物的说："今天有饭吃了，可明天呢？"

恩格斯对没分到食物的说："我明天再多拿些来。"

没分到食物的说："可今天怎么办呢？"

恩格斯看着这些人既为难又难过。

13. 法国，里昂。1834 年 4 月。

工人聚结在省府、梯罗、圣让等广场上，构筑街垒，竖起红旗，高呼口号："不能劳动而生，宁愿战斗而死！""不共和，毋宁死！"

军队向他们进攻，工人们发起白刃格斗，夺取军人手中的武器。

经过六天激战，军队把工人起义血腥镇压了下去。

此后，当军事法庭审问起义者"为什么叛乱"时，他们回答：“1820 年 7 月，资产阶级为自己完成了革命，现在，我们也要进行自己的革命。”

一个新闻记者当场写道：“里昂的叛乱暴露了一个重大的秘密，这是在同一个社会内有产阶级和无产阶级之间发生了斗争。……我们的工商业社会和所有其他形态的社会一样，有它本身的隐患，这个隐患就是工人。”

14. 特利尔教堂。(时间同上。)

马克思父母为孩子们举行基督教坚信礼。

马克思祈祷：“离开基督，我们就不能达到自己的目的，就会被上帝所抛弃。只有基督才能够拯救我们。”

大家齐唱圣歌：“你的言行我们遵守，欢迎你常住我们心中。你给我们指示真理，你引导我们走向正路。我们赞美主，我们盼望主，我们爱慕主，我们信仰主！”

15. 巴门教堂。(时间同上。)

恩格斯父母为孩子们举行基督教坚信礼。

恩格斯祈祷：“基督耶稣，上帝之子，请你拯救我的灵魂，请你带来圣父的光明，请允许我把你当作唯一的救星。”

大家齐唱圣歌：“你全能全知全善，你造化天地万物。没有你常常保佑，一切都归于无。我们在世修德，只为伴你永驻。众生同声高唱，虔诚感谢天主！”

16. 马培河谷，爱北斐特理科中学。1835 年。

恩格斯坐在教室里，听代理校长兼文学教师汉契克博士讲学。

17. 燕妮家。(时间同上。)

特利尔枢密官路德维希·冯·威斯特华伦男爵举行舞会。

亨利希·马克思夫妇 受邀出席，与枢密官及夫人卡罗琳(苏格兰贵族)、枢密参事埃塞尔等寒暄。

索菲娅与埃德加尔共舞。

马克思与燕妮共舞。

燕妮异母兄斐迪南·冯·威斯特华伦与一位贵族小姐共舞。

贵族小姐指着马克思问斐迪南："那个黑小子是谁?"

斐迪南："一个犹太人，鬼聪明！幸亏王国政府在他出生前两年就颁布了禁止犹太人担任公职的法令，否则过不了几年他就会爬到我们头上去。"

18. 摩泽河畔。(时间同上。)

马克思与燕妮并肩漫步，看见坡地上农民们辛勤地开垦着葡萄园。

马克思："每当我看见这些贫苦人为谋取最起码的生活费用而艰难地工作，我就不能不对他们产生深深的同情。"

燕妮："是呀，我们丰衣足食，而他们却衣不遮体，食不果腹。"

19. 特利尔中学。(时间同上。)

马克思做毕业考试论文《青年在选择职业时的考虑》："……我们并不总是能够选择我们自认为适合的职业，我们在社会上的种种关系，还在我们能对它们发生决定性的影响之前，就已经在某种程度被规定了。……如果我们选择了最能为人类谋利益的职业，就不会为任何重担所压倒。那对我们感受到的将不只是一点点自私自利的、可怜的欢乐。我们的幸福属于千万人。我们的事业可能并不显赫一时，但是却永远存在，而当我们死后，高尚的人们将会在我们的骨灰前洒下热泪。……”

20. 爱北斐特中学。(时间同上。)

恩格斯坐在教室里，听牧师克鲁马赫尔传道：“人不能依靠自己的力量得到幸福，必须指望上帝的恩赐。上帝随心所欲地赋予少数人某种能力，这些人不管愿意与否，就过着美好幸福的生活。而其余的人则永远受苦。永远吗？——对，永远！……”

21. 乌培河谷。(时间同上。)

恩格斯与学友格雷培漫步。

格雷培：“我父亲是个牧师，他也希望我将来当牧师，向众生传播上帝的福音。”

恩格斯：“格雷培，你说说看，人都是上帝创造的，都应该从上帝那里得到仁慈的待遇才对，可是为什么他要让一部分人享福，而让另一部分人受苦呢？”

格雷培：“弗雷德，快闭嘴吧，这是对神明的大不敬！”

恩格斯仰望天空说：“倘若上帝有灵，就让他来惩罚我吧！”

22. 摩泽河畔。(时间同上。)

马克思与燕妮话别：“我明天就要去波恩大学了。父亲要我攻读法学，将来像他一样成为律师，其实，我对历史和文学更感兴趣。”

燕妮：“我们要很久不能在一起了。这对我是怎样的煎熬啊！你能给我写信吗？”

马克思：“恐怕不方便。我们的关系已经引起两家大人的猜疑和周围人的议论了，我父亲出于对我学业的考虑，不赞成我过早地恋爱。你的父亲虽对我有好感，可是受世俗观念和你们那些贵族亲戚的影响，也未必同意你和我这个犹太平民结合。”

燕妮：“我不在乎什么世俗议论，但是如果我长久得不到你的音讯，我会发疯的。”

马克思：“索菲娅会经常把我的近况告诉你，你不必过于忧虑，至于你给我寄信，那是没有什么妨碍的。”

23. 波恩大学。（时间同上。）

马克思专修法学课程，课余花钱购买了大量历史和文学书籍阅读。

24. 马克思家。（时间同上。）

亨利希写信：“亲爱的卡尔：……你的来信给我很多快慰，你的良好愿望，你的勤奋努力，我丝毫不怀疑。……我只希望你学的东西不要超过你的身体和精力所能承受的限度。……”

罕丽达写信：“我非常喜欢的、可爱的卡尔：我早想得到你的平安家信了。你知道我是多么惦念你。谢天谢地，全家都健康，大家都忙着，都很勤勉。……祝你健康，做个正直的善良的人，别忘了上帝，也别忘了你的双亲。……”

25. 燕妮家。（时间同上。）

索菲娅见燕妮，告知马克思的近况。她说：“卡尔临行时，父亲对他说，在他对周围的环境有了进一步了解后再写信来，可并不是叫他迟写信呀！卡尔误解了父亲的意思，结果现在才给家里寄来第一封信。”

燕妮："他在信上都说些什么？"

索菲娅："他说他的学习很顺利，他加入了波恩大学特利尔同乡会，结交了许多朋友。"

燕妮想："可惜我的心上人在他的平安家信中不能表露对他的心上人的感情。"

送走索菲娅，燕妮悄悄写信："……唉，卡尔，我时刻担惊受怕，你的爱情一旦消减，我的一切欢乐都将荡然无存。……唉，卡尔，如果你的爱情能使我放心的话，我就不会这样整日头脑昏沉，惶惶不安了。……"

26. 波恩大学。1836年。

马克思继续学习法学，课余仍购买大量书籍，为此不惜向学友借钱。因常读书至深夜，他的视力坏了，身体也垮了。

27. 马克思家。(时间同上。)

亨利希写信："亲爱的卡尔：……我以为，购买大量书籍在目前是不恰当的，是个累赘。……对你的账单我不表异议，随信寄去50塔勒的现款，但借此机会，我要告诉你，你只应关注你的学业，你的费用不应超过必要的限度。……"

罕丽达写信："可爱的、亲爱的卡尔，你的病使我们感到忧伤，我祝你早日康复。我相信，只要你能理智地生活，一定会长寿的。……只要你们都健康成长，别的我什么也不操心。……望速回信，信宁可短些，但不要拖得太久。……"

28. 波恩大学。(时间同上。)

马克思与学友来校园餐厅吃饭。

上莱茵省波路西亚——可普同乡会的贵族子弟在旁桌甩闲话：“各位学友，我们竟同一群卑微的下莱茵人并坐用餐，简直有失我们的身份。”

马克思强硬回应：“你这无耻的蠢货，先瞧瞧自己是什么德行，再对别人品头论足。”

上莱茵贵族子弟挑衅：“犹太贱民，听着不顺耳啦？老实说，我看见你还不顺眼呢！”

马克思学友：“你这只高傲的公鸡，骨头痒了，想找打？”

上莱茵贵族子弟：“多嘴的驴子，我先教训教训你！”

双方发生激烈打斗，马克思的左眼被打伤。

29. 学校禁闭室。（时间同上。）

马克思和学友被学监罚禁闭一天。

马克思红肿着左眼对学友说：“依据法理，只有警务部门才有权力限制人身自由，校务部门根本没有这种权力。”

学友：“算了吧，俗话说，在谁的领地，服从谁的法令。”

30. 马克思家。（时间同上。）

亨利希对罕丽达说：“卡尔在波恩大学待上一年也就够了，自由散漫的过分，因此，闹出多少荒唐事来。下学年让他转到柏林大学去，那里学风更严谨，可以对他有所约束。”

31. 爱北斐特中学。（时间同上。）

恩格斯在课堂上练习写诗：“……有许多美好的形象，透过云雾，向我越走越近。……这是威廉·退尔，手拿弓箭，这是齐格弗里特，号召骑士们战斗要勇敢，请不要笑，还有那英雄唐·吉诃德，骑着瘦马，到处冲杀。……啊，怎样才能把他们留住，又有谁能赶上他们？……”

32. 恩格斯家。（时间同上。）

老恩格斯对伊丽莎白说：“你知道吗？弗雷德表面看上去彬彬有礼，其实即使害怕处罚也没学会无条件服从。我发现他又从图书馆借阅坏书——一本关于十三世纪的骑士小说。他把这类书直接摆在书柜里而满不在乎。愿上帝保佑他的心灵吧，我常常为这个总的来说还不错的孩子担心。”

33. 柏林大学。1837 年。

马克思在学习之余练习写诗：“燕妮，任物换星移，你永远是我心中的蓝天和太阳。任世人怎样对我诽谤中伤，只要你在我身旁，我终会使他们成为败将。……燕妮，你会不会犹豫动摇，畏缩不前？你那崇高的心灵会不会因害怕而震颤？……”

34. 马克思家。（时间同上。）

亨利希对罕丽达说：“我所预想的事今日得到证实了。”

罕丽达：“什么事呀！”

亨利希：“卡尔和燕妮已经私定终身了。”

罕丽达：“卡尔是一个成年人了，有自己理智的判断，我们也不必横拦竖挡吧？”

亨利希：“我并不想过分干涉他们的恋情，可是威斯特华伦家族能让人放心吗？在他们看来，我们是在攀高枝呢！”

罕丽达：“唉，但愿有情人能终成眷属。”

35. 燕妮家。（时间同上。）

燕妮向父母表明心意：“我爱卡尔，胜过我自己的生命。”

路德维希：“卡尔是很好的青年，长期往来，我们都了解他。我和你母亲也不是过于保守的人，我们只是为你的将来考虑，希望你能找到一个门当户对的人家。但既然你心意已定，我们也不表示异议。”

燕妮：“谢谢，亲爱的爸爸妈妈。”

路德维希：“在你们正式完婚之前，我们希望你严格约束自己。”

燕妮：“是。”

36. 恩格斯家。(时间同上。)

父亲对恩格斯说：“我和你的两个叔叔已分割了产业，今后要独自操办工厂了。我需要帮手，你放下学业，跟我学习经商吧！”

恩格斯：“父亲，再有一年我就要中学毕业了，我还想继续上大学呢！”

老恩格斯：“算啦，上大学又怎么样？还不是为了将来有个饭碗？你现有的学识足够应付生意经了，早入行，早获益。”

恩格斯：“父亲，怎么能这样？”

老恩格斯：“不要争辩了！什么时候你才能学会绝对服从？”

恩格斯转而向母亲求助：“妈妈，您看……”

伊丽莎白无奈地劝慰：“唉，弗雷德，你父亲也有自己的难处，你就听你父亲的安排好了。”

37. 乌培河谷，恩格斯纺织工厂。(时间同上。)

恩格斯担任办事员，在这里更多地了解到工人的劳动生活状况：

工人们在低矮的厂房里工作，大机器所排出的煤烟和粉尘令人窒息。

10来岁的童工和成年人一样每天从事十几个小时的工作，因而失去了童年的欢乐。没有固定收入的搬运工，常栖身于草棚、马厩、桥洞下。

恩格斯对工人们十分同情，常拿出手头的零钱接济他们，并乐于同他们交往。

38. 巴门市俱乐部。(时间同上。)

恩格斯打台球。

一个纨绔子弟挑衅："先生们，不客气地讲，我认为和恩格斯先生这样的人为伍有失身份。他常常把我们置于尴尬的境地，比如昨天他就当众拒绝克利斯小姐向他发出的参加上流社交舞会的邀请，而宁愿去跟女工们跳舞。"

恩格斯："我和你们不一样，我只是跟女工们跳跳舞，而你们却常常把她们拉到灌木丛里去动手动脚；我把她们当作和自己的姐妹一样值得尊敬的姑娘，而你们却把她们视为寻欢作乐的对象。"

纨绔子弟："我抗议，先生们，这是诽谤！我要上法庭去控告他。"

恩格斯："请便吧！假如你们把我送上法庭，将要出丑的正是你们自己。我会当众把你们用金钱以及其他威逼利诱手段所干的那些肮脏勾当全抖搂出来。我随时候着你们，你们就试试吧！"

39. 柏林城郊小村施特拉劳。(时间同上。)

马克思在此疗养，期间精心研究黑格尔的《法哲学原理》《精神现象学》《小逻辑》等著作："……哲学是探求更改的东西，正因为如此，它是了解现在的东西和现实的东西的，而不是提供某种彼岸的东西，神才知道彼岸的东西在哪里……”

40. 柏林施特里利咖啡馆，青年黑格尔派俱乐部。（时间同上。）

马克思结识大卫·施特劳斯、麦克斯、施蒂纳、布鲁诺·鲍威尔、埃德加·鲍威尔、阿尔诺德·卢格、莫里斯·赫斯等人。

41. 施特拉劳，马克思住所。（时间同上。）

马克思写信：“亲爱的父亲：……我感到有一种压倒一切的要求，这就是要全力为现代哲学而奋斗。……我已经从唯心主义进展到向现实本身寻找观念的一个阶段。……爱德华小弟的健康怎样？亲爱的妈妈的病呢？你的身体欠安——但愿不很严重——所有这些都使我希望尽快回到你们身边，以便能够证明我的一片深情和常常难以表达的无限的爱。……”

42. 马克思家。（时间同上。）

亨利希抱病写信：“亲爱的卡尔：……你是怎么了？漫无头绪地踌躇于知识的各个领域，在昏暗的油灯下胡思乱想。……你给你的父母带来许多烦恼，而很少甚至没有欢乐。……我们的儿子先生违背常理地一年花费了 700 塔勒，好像我们是阔佬。应该为他说句公道话，他并不是耽于享乐的人。但是一个人怎么能每隔一段时间就发明一种新花样而把过去辛辛苦苦完成的工作全部推翻呢？交朋友快，可是绝交也快。……尽管我今天写了这样一封信，你仍可相信，我将张开双臂拥抱你，那颗只因过分刺激而苦痛的心将迎接你。……”

罕丽达抱病写信：“……亲爱的卡尔，你别过于劳累，要知道，健康是最重要的，失去了它就失去了一切，在这一点上你要让我对你放心。……我了解你那颗真挚的心，知道你是不会把我忘记的。……随信寄去你的出生证明，你要尽一切办法躲过服兵役的年限，在这方面你有充分的理由。”

43. 特利尔都会墓地。

1837年12月14日，爱德华·马克思（12岁）因结核病去世，马克思等为之送葬。1838年5月10日亨利希·马克思（61岁）因结核病去世，马克思等为之送葬。马克思把父亲的一张肖像珍藏身上。

44. 恩格斯家。1838年。

老恩格斯对恩格斯说：“洛伊波尔德商行是我们在不来梅的贸易伙伴，我们的一部分商品是经过这个商行外运的。我决定让你去那里当办事员，你到那儿以后住在我的老友特雷维拉努斯牧师家里。”

45. 不来梅城郊。（时间同上。）

恩格斯与洛伊波尔德等人乘马车去港口。

他们看到一片简陋的居民区。一个同行人告诉恩格斯：“那是犹太人居住区，在不来梅城里根本不准犹太人定居，只有城外住着一些得到特许的犹太人。”

他们路过一处建筑工地，看见一群人围成一团，吵吵嚷嚷。

一个同行人跑过去探听后回来告诉大家：“一个油漆工从脚手架上掉下来摔死了，这已是8天里的第二个了。”

46. 不来梅港。（时间同上。）

恩格斯检验出运货物，看见破衣烂衫的搬运工吃力地装卸货物，由此联想起乌培河谷工人们的悲惨生活情景。

47. 不来梅，圣马蒂尼教堂庭院 2 号，特雷维拉努斯家恩格斯住所。

1839 年，恩格斯写作《乌培河谷来信》：“……乌培河谷的工人常常处于可怕的境地，产生这种现象的原因首先是过度的工厂劳动。工人们都在低矮的厂房里工作，吸进的煤烟和灰尘多于氧气，而且大部分人从 6 岁起就在这样的环境里生活，这就剥夺了他们的全部精力和生活乐趣，仅爱北斐特一地，2500 个学龄儿童中就有 1200 个失学。他们在工厂里长大——这只是多了便于厂主雇佣童工，而不必出双份工资来雇佣成年工人。……厂主中对待工人最坏的就是虔诚派教徒，他们千方百计降低工人的工资，据说是为了防止工人酗酒。……”

48.《德意志电讯》编辑部。（时间同上。）

《德意志电讯》主编谷兹科拿笔在《乌培河谷来信》的手稿上划去一些段落，叫助手：“这篇文章我已经做了删改，用‘奥斯活特’的笔名登出。”

49. 恩格斯住所。（时间同上。）

恩格斯阅读大卫·施特劳斯的《耶稣传》后，又读黑格尔的《历史哲学》。

恩格斯写信：“格雷培：你在你的信仰中就像躺在温暖的被窝里那么舒适，你不了解我们这些人为了解决有无上帝这个问题而不得不进行的斗争；你不了解一个随着最初的怀疑而开始感觉到的那种负担是何等沉重，当时他必须决定对旧信仰是维护还是反对，是承担还是抛弃。”“小伙子，你听我说，我目前是一个热心的施特劳斯主义者了。现在我可有武器了，你们就来吧，别看你们有神学，我也能把你们打得落花流水。宗教信仰——它原来就像海绵一样漏洞百出。”“多亏了施特劳斯，我现在走上了通向黑格尔主义的阳光大道……”

50. 柏林大学。1840 年。

马克思写作博士论文《德谟克利特的自然哲学和伊壁鸠鲁的自然哲学的区别》：“谨将本文献给敬爱的特利尔枢密官路德维希·冯·威斯特华伦先生……您，我的慈父般的朋友，对于我始终是一个活生生的实例，证明唯心主义不是幻想，而是真理。……”

布·鲍威尔来访，对马克思说：“听说你在博士论文中要引用埃斯库罗斯的某些诗句，我看你现在无论如何不可把其中普罗米修斯的话写进去。等你登上讲坛以后，你怎么说都行，但是现在不行。何必给那些能够参与鉴定论文的笨蛋教授们提供挑剔的口实，给自己增加麻烦呢?”

马克思：“我已经写进去了。”给鲍威尔看论文草稿，上面写道：“哲学并不隐瞒这一点，并借普罗米修斯的话说，老实说，我痛恨所有的神。我宁肯被缚在岩石上，也不作宙斯忠顺的奴仆。”

鲍威尔：“你这样写，在柏林大学是通不过的。”

51. 耶拿大学，博士学位鉴定委员会。1841 年 4 月。

耶拿大学哲学系主任巴赫曼拿着马克思的博士论文说：

“诸位鉴定委员会的先生们，向你们推荐特利尔的卡尔·马克思先生这位完全合格的学位申请人。博士论文证明该申请人才智高超，见解独特，学识渊博，本人认为应授予博士学位。诸位若无异议，请在鉴定书上签字。”

七个鉴定委员一一签字。

52. 摩泽河畔。(时间同上。)

马克思与燕妮漫步。

马克思：“鲍威尔在波恩大学当教授，他邀请我去做他的助教，并与他合编《无神论文库》。”

燕妮：“这样，我们又要长久分离了。”

马克思：“忍耐一下吧，一旦我有个固定的职业，两家老人的顾虑便会消除，那时我就可以迎娶你了。”

53. 马克思家。(时间同上。)

马克思研读路德维希·费尔巴哈的新著《基督教的本质》：“……思维与存在的关系只是这样的，存在是主体，思维是宾词。思维是从存在而来的，……”

54. 恩格斯家。1841 年 9 月。

恩格斯对父母说：“根据普鲁士王国的法令，凡年满十八周岁的青年若无疾病，都必须服兵役一年。我已向兵役部递交申请，到柏林去服兵役。”

老恩格斯：“嗨，糊涂虫！像我们这样家庭的人还用吃苦去服兵役？花点钱不就免了！”

恩格斯：“我是自愿去柏林的。”

老恩格斯：“上帝呀，我怎么养了这么个不通世故的儿子？”

伊丽莎白："弗雷德，你为什么执意要到柏林去呢？你独自远行，没有亲友照顾，让妈妈多牵挂呀！"

恩格斯："放心吧，妈妈，我已经不是小孩子啦！我之所以选择去柏林服兵役，一方面是想摆脱枯燥的生意经，另一方面可以借此机会进柏林大学做旁听生，增长知识，增加见闻。"

55. 柏林，库普费尔格拉本广场兵营。(时间同上。)

恩格斯成为第12近卫步兵连的一名炮手。

56. 柏林大学。(时间同上。)

恩格斯作为旁听生进课堂听讲学。

57. 施特里利咖啡馆，青年黑格尔派俱乐部。（时间同上。)

恩格斯结识麦·施蒂纳、布·鲍威尔、埃·鲍威尔、莫·赫斯等人。

埃·鲍威尔对恩格斯说："可惜你来柏林晚了些时候，无缘结识一位才华横溢的青年博士，住在特利尔的卡尔·马克思。"

58. 恩格斯住所。(时间同上。)

恩格斯研读费尔巴哈的《基督教的本质》。

59. 柏林，王宫。1841年12月24日。

普鲁士国王威廉四世签署《书报检查令》，其中第二条规定："书报检查不得阻挠人们严肃和谦逊地探讨真理"，"不得使作家遭受无理的限制"。

60. 德国，德累斯顿，《德国年鉴》编辑部。1842年1月。

马克思把一篇手稿交给卢格："这是我新写成的政论

文章。”

卢格看手稿：“《评普鲁士最近的书报检查令》：……整治书报检查制度的真正和根本的方法，就是废除书报检查制度，因为这种制度本身是恶劣的，可是各种制度却比人更有力量，……（莱茵一公民）”看完对马克思说：“你的文章是不可能发表的。一星期以来，书报检查官都在删改我们的‘有害倾向’的东西。目前，我手里已积存了一批遭禁的精彩而又辛辣的文章，它们应该同时给书报检查一记响亮的耳光。你是否同意我把你的文章和这些文章一起在瑞士出版，而你的名字照你的意思，可以保密。”

马克思：“我完全同意你的计划，并且认为最好也署上我的名字。这样一种示威性质的举动一般来说是不容许采取匿名方式的，应当让他们看到我们是光明磊落的。”

61. 燕妮家。2月。

燕妮的父亲病重在床，马克思守护在身边。

62. 特利尔教会墓地。

1842年3月3日，路德维希·冯·威斯特华伦（72岁）去世。马克思等为之送葬。

1842年5月，海尔曼·马克思（24岁）因结核病去世。马克思等为之送葬。

63. 摩泽河畔。（时间同上。）

马克思与燕妮漫步。

马克思：“布鲁诺·鲍威尔因为宣扬无神论被剥夺了波恩大学教授的职务，我在那里求职的希望也没有了。”

燕妮：“你以后打算怎么办呢？”

马克思："我决心专门从事政论写作，参加实际的社会政治斗争。"

64. 莱茵省议会。(时间同上。)

议员们关于新闻出版自由的辩论："在我们认为合适的地方，我们就容许公布辩论情况：在我们感到它的传播没有好处或者有害处，我们就限制它。""无论在言语上或在文字上，无论在我们莱茵省或在整个德国，都看不出真实而高尚的精神发展受到了束缚……"

65. 马克思家。(时间同上。)

马克思写作《第六届莱茵省议会的辩论（第一篇论文）。关于新闻出版自由的辩论》："……意志代替合理的论据，这完全是统治者的语言。……把书报检查制度看作我们优秀的新闻出版业的基础，这是多么不合逻辑的奇谈怪论！……德国的精神发展不是由于书报检查制度，而是违背了这种制度。……"

66. 德国，科隆，圣亚加塔大街 12 号，《莱茵报》编辑部。(时间同上。)

赫斯和《莱茵报》董事、银行家康普豪森等审阅马克思的来稿《第六届莱茵省议论的辩论（第一篇论文）。关于新闻出版自由化辩论》。随即发表。

67. 《莱茵报》编辑部。1842 年 10 月。

马克思出任《莱茵报》主编。

68. 莱茵省议会。(时间同上。)

议员们关于林木盗窃的辩论："今后应禁止孩子们进山采摘覆盆子。因为这些野果已作为出口商品成桶地运往荷兰。”“孩子们捡拾野果，卖几个钱贴补家用，这是自古以来的习惯。”“旧习惯法必须废除。”“正因为偷拿林木不算盗窃，所以这种行为才经常发生。”“捡拾或偷拿枯树只应该受普通的违警处罚，不能算犯罪，否则要有多少人被送进监狱呀！”“但是在我们那个地方的森林里，常常有人先把幼树砍伤，等它枯死后，就当作枯树拿走。”“委员会应该作出这样的补充规定，凡用切割工具砍倒或截断活树者，凡用锯子代替斧头者，一律加重治罪。”……

69.《莱茵报》编辑部。（时间同上。）

马克思写作《第六届莱茵省议会的辩论（第三篇论文）。关于林木盗窃的辩论》：“……我们为穷人要求习惯权利，但并不是限于某个地方的习惯权利，而是一切国家的穷人所固有的习惯权利。……当问题涉及自身利益时，这些明达的立法者如此认真地把斧头和锯子也区分开来；当问题涉及他人利益时，他们就毫无心肝，连枯树和活树都不加区别了。……国家机关成了林木占有者的耳、目、手、足，为了林木占有者的利益探听、监视、估价、守护、逮捕和奔波。……”

70. 科隆街头。（时间同上。）

《莱茵报》的读者越来越多。订户和零散买主都增加。

71.《莱茵报》编辑部。（时间同上。）

一天夜里，快 11 点了，科隆地方书报检查官坐马车到楼下，使人按门铃。

马克思从二楼窗户探出头问：“干什么？”

检查官：“你们报纸的校样，怎么一直没送去？”

马克思:“没有校样。”

检查官:“可是明天……”

马克思:“明天我们不出报了!”说完关上窗子。

检查官气急败坏地走了。

这时，马克思指示助手:“快把校样送到印刷所去。”

72. 科隆街头。第二天早晨。

《莱茵报》如期与读者见面。

73. 《莱茵报》编辑部。(时间同上。)

赫斯见马克思:“鲍威尔等人对你压下他们的文章不予发表非常不满。”

马克思:“他们寄来的是一大堆毫无意义却自命能扭转乾坤的废料，所有这些文章都写得极其草率。我不客气地对他们给予了忠告:少发些不着边际的议论，少唱些高调，多说些明确的意见，多注意一些具体的现实。少在一些偶然写写的剧评里兜售某种共产主义，要讲就在专论中光明正大地讲。”

74. 恩格斯家。11 月。

恩格斯服兵役期满回来，老恩格斯说:“你到曼彻斯特的欧门——恩格斯联合公司去当办事员。”

75. 《莱茵报》编辑部。(时间同上。)

恩格斯顺路来拜访老友赫斯。

赫斯带恩格斯见马克思:“这位是巴门的弗里德里希·恩格斯先生，这位是特利尔的卡尔·马克思先生。”

恩格斯对马克思说:“久仰大名，我在柏林服兵役时，常听鲍威尔兄弟谈起您。”

马克思很冷淡地说："对不起，我现在已经和他们分道扬镳了。"

恩格斯很尴尬。

赫斯打圆场，对马克思说："弗雷德明天就要动身去英国，我今晚为他饯行，您能光临吗?"

马克思："很抱歉，脱不开身。"

赫斯无奈地说："好吧，再见。"

恩格斯向马克思微微鞠躬说："再见!"

马克思："不送。"

恩格斯与赫斯没趣地离开。

76. 曼彻斯特，欧门——恩格斯联合公司。(时间同上。)

恩格斯会晤商业合伙人哥·欧门。

77. 曼彻斯特，艾尔克河沿岸贫民窟。(时间同上。)

恩格斯在工作之余，走访工人家庭，考察英国工人阶级状况。

在这个过程中，恩格斯结识了爱尔兰纺织女工玛丽·白恩士和莉希·白恩士姐妹。

78. 曼彻斯特，市中心广场。(时间同上。)

恩格斯来参加宪章派集会。

英国宪章派领袖厄内斯特·琼斯当众朗诵自己写的诗《工厂城》："工厂放出可怕的毒焰，它胸中怀着密封的地狱。……男人、女人、儿童在做工，被锁在狭小阴暗的地牢。当今的刑台——齿轮飞转，生命之线飞快地断掉。……在那发臭的围墙里面，生命与死亡纠成一团；血肉之躯与钢铁进行殊死战。……听啊，这不见血的屠宰场，不时传来绝望的哀号：‘啊，给我一滴水喝吧！啊，让我透口气就好！’……”

这时，宪兵来了，挥舞棍棒驱散了人群。

79. 曼彻斯特·恩格斯住所。（时间同上。）

恩格斯写《英国国内危机》：“……英国工业固然可以使国家富庶，但它也造成了勉强糊口的急速增长的无产者阶级，……商业稍微一停滞，会使这个阶级的大部分人挨饿，大规模的商业危机，会使整个阶级挨饿。如果这种情况出现了，那么这些人除了起来反抗还有什么办法呢？”

80.《莱茵报》编辑部。（时间同上。）

马克思看恩格斯的来稿《英国国内危机》：“……目前，在工人和宪章派中唯一的指导思想是采用合法途径的革命，这种思想本身就是矛盾的，是实际上不可能的事，由于想实现这种思想，他们遭到了失败，……只有通过暴力变革现有的反常关系，根本推翻门阀贵族和工业贵族，才能改善无产者的物质状况……。”

马克思对赫斯说：“我当初错看了人，恩格斯，这是一个真正具有进步思想的人。”

赫斯担心地问：“要发表这篇文章吗？”

马克思：“要发表，而且一字不改。”

81.《德意志电讯》编辑部。（时间同上。）

谷兹科翻看《莱茵报》，对助手说：“《莱茵报》的发行量与日俱增，这是马克思和恩格斯等人的过激言论产生的效果，遗憾的是，把恩格斯引进著作界的这个不幸的功劳是属于我的。几年前，一个不知名的商业办事员从不来梅给我寄来关于乌培河谷的通讯，我修改了这些文章，删掉了过分尖刻的人身攻击部分，以‘奥斯沃特’的笔名发表出去。此后他又寄来一些别的文章，我不得不经常给他改写，突然间，他对我的修改提出抗议，把‘奥斯沃特’这个名字据为己有，给其他刊物写稿去了。”

82. 科隆行政区公所，1843 年 1 月。

科隆行政区长官格尔拉赫召见《莱茵报》理事奥本海姆·格·荣克，宣布：“《莱茵报》自问世以来就坚持一种应受谴责的方针。该报一贯明显地企图攻击国家制度的基础，阐述旨在动摇君主制原则的理论，挑拨国内的一些等级去反对另一些等级，并怂恿人们对友好国家采取敌对态度。……由于上述原因，我奉王国政府之命，宣布于 1843 年 4 月 1 日以前查封《莱茵报》，在查封前的这段时间内，该报须受双重审查，即：不仅要受书报检查官的审查，还要受本行政长官的审查。”

83. 科隆俱乐部，2 月。

《莱茵报》社监事会召开非常全体会议。

《莱茵报》监事会主席法伊：“部颁公告成为召开今天会议的原因，成为官僚主义的国家政权和社会舆论之间的原则斗争的表现。”

洪特海姆：“我们的目的是让大家共同努力使《莱茵报》能够继续出版。我认为可以通过让监事会的个别成员退职，通过任命一个新的编辑部来达到撤销部颁决定的目的。”

格·荣克：“《莱茵报》是一个党派，它必须成为自由的和深受欢迎的党派，如果我们迎合有关各部的要求，我们就将过一种新的同以往生活相矛盾的生活。”

马克思：“问题是，如果人们想要与执政当局取得谅解，倾向就必须改变。”

康普豪森：“只有在立宪制国家中才有反对派的报刊，但不是在我们这君主制的国家，我们把我们的自由归功于恩赐，当我们有节制地利用这种自由的时候，我们的观点往往会被宪法大量接受。”

泽利希曼：“过去《莱茵报》并不符合国家当局的正当要求，现在我们必须退回到国家当局为我们规定的界限之内来，如果理事们不愿意这样做，全体会议就必须选举新的理事。”

奥本海姆：“如果当局的剑对准我们，我们定会失败，让我们匍匐于御座之前吧，承认我们不赞成报纸的有些生硬的色彩，但是我们要求现有的权利，并且基于这一点恳请陛下取消查封的命令。”

84.《莱茵报》编辑部。3月17日。

马克思宣读《声明》：“本人因现行书报检查制度的关系，自即日起，退出《莱茵报》编辑部。”

85. 德国，克罗茨纳赫，燕妮住所。(时间同上。)

燕妮致信马克思：“亲爱的卡尔……你的形象矗立在我面前，是那样光辉，充满着胜利的力量，我的心多么渴望时刻追随你，……但愿我能为你铺平道路，扫清你前进中的一切障碍。”

86. 燕妮住所。6月19日。

马克思与燕妮举行简单的婚礼，参加婚礼的只有燕妮的母亲和弟弟以及燕妮家的仆人琳蘅（海伦·德穆特，21 岁）等几个人。

马克思婚礼后，埃塞尔来探访："如果你能放弃以前的政治主张，王国政府有意为你安排适当官职，这对于一个犹太人来说，是格外的恩宠了。"

马克思说："可是对于任何人来说，良心是不能收买的。"

87. 法国·巴黎。10月。

马克思夫妇租住田凫路 38 号，与同住一楼的卢格合编《德法年鉴》。马克思结识法国哲学家蒲鲁东、法国作家乔治·桑、德国诗人海涅等。

88. 马克思住所。1844 年 2 月。

《德法年鉴》一、二期合刊发行，上面载有马克思、恩格斯、卢格、费尔巴哈、蒲鲁东、海涅等人的著作。

马克思的《（黑格尔法哲学批判）导言》："……德国的国家哲学和法哲学在黑格尔的著作中得到了最系统、最丰富和最完整的阐述，对这种哲学的批判不但是对现代国家和对同它联系着的现实的批判性分析，而且也是对到目前为止的德国政治和法意识的整个形式的彻底的否定。批判的武器当然不能代替武器的批判。物质力量只能用物质力量来摧毁，但是理论一经掌握群众，也会变成物质力量。……"德国解放的实际可能性……就在于形成一个被彻底的锁链束缚着的阶级……这就是无产阶级。……无产阶级要求否定私有财产……。"

恩格斯的《政治经济学批判大纲》："……竞争的规律是，需求和供给始终力图互相适应，而正因为如此，从未有过互相适应。……经济学家用他那绝妙的供求理论向你们证明‘生产永远不会过多’而实践却用商业危机来回答。……只要你们继续以目前这种无意识的、全凭偶然性摆布的方式来进行生产，那么商业危机就会继续存在……最后必定引起一场社会革命……。”

89. 法德边境。(时间同上。)

300 本《德法年鉴》在运进德国时，被警察没收、毁掉。

90. 马克思住所。(时间同上。)

马克思研读英国经济学家亚当·斯密的《国民财富的性质和原因的研究》、大卫·李嘉图的《政治经济学及赋税原理》等著作，并同住在附近的法德工人交往，期间写《经济学笔记》:“……资本、地租和劳动的分离对工人来说是致命的。……在工人对资本家处于从属关系的情况下，吃亏的首先是工人。……当资本家盈利时工人不一定并占余润，而当资本家赔本时工人一定跟着倒霉。……无论如何，总有一定数量的工人没有饭吃。……”

91. 德国，西里西亚省，卡波兰别尔格村。6 月 4 日。

上午，一群纺织工人唱着《血的审判》在纺织厂主茨万齐格尔家门口示威。歌中唱道:“……这里的人被慢慢折磨，这里是一个拷问室，这里有许多人呻吟叹息，证明着他们的不幸，茨万齐格尔兄弟是刽子手，他们的家仆是帮凶；一个个都仗势欺人，一点也不留情。……请求没有用，哀告没有用，你们不满意可以走开，去勒紧自己的裤腰带！想一想穷人的困境，难道不值得同情？哼，这群无耻的畜生，哪有这种美好的感情！……”

茨万齐格尔指使家仆把一个带头闹事的工人拖进家门殴打，然后交给来镇压他们的警察。

下午 2 点，纺织工人大批聚集到茨万齐格尔家门口，高喊："放人！""增加工资！"随后愤怒地冲击茨宅，双手所及无不破坏，并向茨家人投掷石块。

茨万齐格尔一家坐马车从后门逃走，纺织工人们穷追不舍。

92. 西里西亚，朗根比劳地区。(时间同上。)

茨万齐格尔工厂织工追不到茨万齐格尔，把这里的织工鼓动起来，袭击纺织厂主迪里希的工厂。

迪里希央求："不要破坏，我们可以谈判，商定给你们增加工资！"

这时有人通报迪里希："本地民政官已率领 160 名宪兵过来了。"

迪里希立即中止了谈判，躲了起来。

宪兵来到，向纺织工人开枪，打死 12 人，受伤多人。

纺织工人们冲上去，和宪兵们扭打在一起，把指挥官也拉下马来。

宪兵丢弃部分武器，被迫后退，等待援兵。

织工们继续捣毁迪里希工厂。

不久，两个正规军步兵营、一队骑兵和一队炮兵赶到，枪炮一起开火，将织工们驱散，在本地区实行戒严。

官兵呼喊："上帝与国王和祖国同在！"

93. 马克思住所。(时间同上。)

海涅为马克思等人朗诵新作《西里西亚的纺织工人》：

“忧郁的眼里没有眼泪，他们坐在织机旁劳动不停：老德意志，我们在织你的尸布，我们织进去三重诅咒！……一重诅咒给那个骗人的上帝，……一重诅咒给那个富人的国王，……一重诅咒给那个虚假的祖国……梭子在飞，织机在响，他们纺织者日夜匆忙：老德意志，我们在织你的尸布，我们织进去三重诅咒！我们织！我们织！”

94. 卢格住所。7 月。

卢格看报载恩格斯的文章《西里西亚骚乱的详情》：“……正是工厂制度和他所带来的一切后果压迫了织工，……正是工厂制度和边所带来的一切后果在这个国家比任何其他事情都更多地引起不满和骚乱。……”写《普鲁士国王和社会改革》，署名：一个普鲁士人。

95. 巴黎，瓦诺街 38 号，马克思住所。（时间同上。）

马克思看报载“一个普鲁士人”的文章《普鲁士国王和社会改革》：“……德国的贫民并不比贫乏的德国人聪明，”就是说，他们除了自己的家庭、自己的工厂、自己住的那个地区外，什么都看不见。“写《评‘一个普鲁士人’的〈普鲁士国王和社会改革〉》：“……首先回忆一下织工的歌吧，这是勇敢的战斗的号令。歌里根本没有提到家庭、工厂、地区，相反地，无产阶级一下子就毫不含糊地、尖锐地、威风凛凛地大声宣布，它反对私有制社会。”

96. 特利尔·燕妮旧居。8 月。

燕妮偕两岁的女儿小燕妮回来探亲。

燕妮致信马克思：“我亲爱的心上人，我已回到特利尔，拜见了婆母，另外，我又回到了我可怜的妈妈身旁……亲朋故友都来看我们，虽然我装出满足和富裕的样子，但是他们还是希望你有一个固定的职业，这群蠢驴，难道他们自己就站得住脚吗？社会用于建筑庙宇和货摊的那块土地下面难道不是到处都有动摇的征兆吗？……我的亲人哪，我们的未来常常使我忧心。我会不会因我在这里表现的高傲和自负而受到惩罚？如果你能做到，就为此来安慰我吧！……祝统帅，我的黑黑的先生好运！”

97. 马克思住所。8 月 28 日。

恩格斯返乡途中拜访马克思。

马克思：“我的夫人带着孩子回特利尔去了，现在只我一个人在家，你就住在我这吧。”

恩格斯：“我非常高兴能有机会和你促膝长谈。”看到马克思书桌上放的几期《文学总汇报》（布鲁诺·鲍威尔主编）。

马克思：“我正准备写一部论战性的著作，对鲍威尔及其伙伴在《文学报》上散布的思辨唯心主义谰言予以回击。他们称自己的理论为批判的批判，我的书名就叫《对批判的批判所做的批判》。你来了，我们合写好不好？”

恩格斯：“好啊！”

两人当即开始写作。

《文学报》上布鲁诺·鲍威尔语：“到现在为止，历史上的一切伟大的活动之所以是不成功的和没有实际效果的，正是因为它们引起了群众的关怀和热情。”

马克思的反驳：“思想一旦离开‘利益’就一定会使自己出丑，……资产阶级在 1789 年革命中的利益绝不是‘不成功的’……如果说革命是不成功的，那并不是因为革命引起了群众的热情，而是因为对不同于资产阶级的绝大多数群众来说，革命原则并不代表他们的实际利益，不是他们自己的革命原则。”

《文学报》上埃德加·鲍威尔语：“工人什么东西也没有创造，所以他们也就一无所有，他们之所以什么都没有创造，是因为他们的工作始终是为了满足他们自己的需要的某种单一的东西，是平凡的工作。”

恩格斯的反驳：“要是撇开单个工作不能生产任何完整的东西这一事实不讲的话，这种论点简直就是疯话，批判的批判什么都没有创造，工人才创造一切……工人甚至创造了人，而批判的批判家却永远是不通人性的人。”

98. 科隆。9 月。

恩格斯返乡途中经停于此，了解到夜晚常有穷人袭击富人住宅，进行抢劫和凶杀。

99. 巴门。（时间同上。）

恩格斯回到家，写信：“亲爱的马克思……如果德国无产者也像英国无产者那样发展，他们不久就会明白，以个人暴力反对旧的社会制度是没有用的，而应当作为具有自己整体能力的人们通过共产主义来反对它。如果有人能向他们指明道路，该多好啊。”

100. 马克思住所。（时间同上。）

马克思继续写作《神圣家庭，或对批判的批判所做的批判。——驳布鲁诺·鲍威尔及其伙伴》：“……在整个对立的范围内，私有者是保守的方面，无产者是破坏的方面。……私有制在自己的经济运行中把自己推向灭亡，……”

燕妮一边照顾年幼的女儿，一边誊写马克思字迹潦草的手稿："……历史活动是群众的事业，随着历史活动的深入，必将是群众队伍的扩大。……无产阶级能够而且必须自己解放自己，……它不是白白地经受了劳动那种严酷的但是能把人锻炼成钢铁的教育的。……"

101. 巴黎，总理府。1845 年 1 月。

奥地利首相梅特涅会晤法国总理基佐："共产主义像一个幽灵在欧洲四处游荡，一会儿走近，一会儿又走远。我认为各国政府有必要采取一致行动，遏制它的蔓延。"

基佐："阁下的见解很对，我们现在正准备采取这样的行动。"

102. 马克思住所。2 月 1 日。

巴黎市警察向马克思宣读驱逐令："普鲁士公民卡尔·马克思先生，因你在我国从事反对普鲁士王国政府的活动，应普鲁士王国政府的请求，本人奉我国政府之命通知你，必须在 24 小时之内离开巴黎，并且在一周之内离开法国。"

103. 比利时，布鲁塞尔。小萨布龙广场 24 号。2 月 7 日。

马克思迁居于此。

104. 恩格斯家。2 月 24 日。

恩格斯写信："亲爱的马克思，……我一听到你被驱逐的消息，就认为有必要立即进行募捐，以便让我们按共产主义方式分担你因此而支出的额外费用。……但是我担心，在比利时他们还会找你的麻烦，那样你就只有英国可去了。……因为在爱北斐特参加集会的事，我和老头子又吵架了，他决定只供我'求学'，但决不把钱给我用于任何共产主义的目的。"

105. 布鲁塞尔，帕歇科街35号，4月。

琳蘅来到马克思家。

琳蘅对燕妮说："老夫人派我来照顾你们。"

燕妮："亲爱的琳蘅，你可能想象不到，你今后和我们一起将会经受多少艰辛磨难，因为我和我的丈夫是下定决心做红色革命家的。"

琳蘅："那怕什么，我是从小吃苦长大的，你们要做红色革命家，就让我做一个红色仆人吧！"

燕妮："谢谢你，琳蘅。"

马克思写《关于费尔马哈的提纲》："（一）从前一切唯物主义的主要缺点是："对事物、现实、感性，只从客体的或者直观的形式去理解，……所以，和唯物主义相反，能动的方面却被唯心主义抽象地发展了，当然，唯心主义是不知道真正现实的、感性的活动的。（二）人的思维是否具有客观的真理性，这并不是一个理论的问题，而是一个实践的问题。人应该在实践中证明自己思维的真理性。……（六）……人的本质并不是单个人所固有的抽象物，在其现实性上，它是一切社会关系的总和……（十一）哲学家只是用不同的方式解释世界，而问题在于改变世界。"

106. 爱北斐特，群众集会。（时间同上。）

恩格斯演讲："如果我们不愿意用流血的办法解决社会问题，……就应当尽一切努力使现代的奴隶得到与人相称的地位，或许你们当中有人觉得要提高以前被轻视的阶级的地位，就不能不降低自己的生活水平，但是应当记住，我们谈的是为所有人创造生活条件，以使每个人都能自由地发展他的人的本性，按照人的关系和他的邻居相处，不必担心别人会用暴力来破坏他的幸福。……”

这时，警察赶来了，驱散了人群。

107. 爱北斐特市政府。(时间同上。)

警察局长向市长卡尔纳普报告：“我们已经查清楚了，巴门有两个弗里德里希·恩格斯，是亲父子，工厂主老弗里德里希·恩格斯是一个绝对可靠的人，但他的儿子却是一个狂热的共产主义者。”

卡尔纳普：“你们要密切监视他的一举一动，发现有越轨行为，立即逮捕。”

108. 布鲁塞尔，同盟街 7 号。5 月。

恩格斯移居于此，玛丽·白恩士也从英国来了，两人同居。

恩格斯对玛丽说：“我们从事革命活动会面临很多困难情况，为了减轻负担，我们不要孩子行不行?”

玛丽难过地点头，恩格斯热烈地拥抱了她。

109. 布鲁塞尔，同盟街 5 号。(时间同上。)

恩格斯和女友玛丽访问马克思。

马克思对恩格斯说：“我到布鲁尔没几天，即被比利时政府当作危险的民主分子和共产主义分子加以监视了，上个月我去警察局立下一份保证书，保证在留居比利时王国期间不发表任何有关该国当前政治状况的著作。但是普鲁士政府还在竭力鼓动比利时方面立即把我驱逐出境。”

恩格斯：“我说过，照这样下去，你将只有英国可去了。”

马克思：“我现在打算向特利尔市政府申请一份移民美

国的证书，从而放弃普鲁士国籍，这样他们以后就不能找我的麻烦了。”

恩格斯：“作为革命者，放弃普鲁士国籍后，恐怕再难获得其他国籍了。”

马克思：“随它去吧，我将是世界的公民，我走到哪里，就在哪里工作。”

110. 马克思住所。9月。

马克思和恩格斯合写《德意志意识形态。对费尔巴哈、鲍威尔和施蒂纳所代表的现代德国哲学以及各式各样先知所代表的德国社会主义的批判》：“……任何人类历史的第一个前提无疑是有生命的个人的存在，……那些发展着自己的物质生产和物质交往的人们，在改变自己的这个现实的同时也改变着自己的思维和思维的产物。不是意识决定生活，而是生活决定意识。……在生产发展的一定阶段上必然会产生私有制。……只有在大工业的条件下才有可能消灭私有制。”

燕妮和玛丽·白恩士协助整理马克思和恩格斯的手稿：“革命之所以必须，不仅因为没有任何其他办法能推翻统治阶级，而且还因为推翻统治阶级的那个阶级，只有在革命中才能抛掉自己身上的一切陈旧的、肮脏的东西。……一切历史冲突都根源于生产力和交往形式之间的矛值；……这种生产力和交往形式之间的矛盾，每一次都不免要爆发为革命。”

琳蘅照看着马克思的女儿小燕妮和刚出生的小劳拉。

111. 布鲁塞尔，当铺。(时间同上。)

燕妮把从娘家带来的银器和自己的首饰换成法郎，维持生活。

112. 同盟街公园。(时间同上。)

马克思和恩格斯一起散步。

马克思:“在威斯特伐里亚的两名自称是共产主义者的出版商本来答应出版我们的著作,可是现在却以种种理由表示拒绝。”

恩格斯:“我在英国和瑞士也想找到出版商,但是由于他们担心受到政治迫害,结果也没有希望了。”

马克思:“算了,我们写这本书原本是为了清算自己的旧信仰,既然我们已经达到主要的目的——自己弄清问题,那就让原稿留给老鼠的牙齿去批判吧!”

113. 马克思住所。1846 年 3 月 28 日夜。

马克思主持布鲁塞尔共产主义通讯委员会会议。

恩格斯讲话:“献身于改造劳动的事业的人们,必须互相了解彼此的观点,并制定一种共同的理论,作为所有那些没有时间或机会来研究理论问题的后继人的旗帜。”

正义者同盟盟员裁缝魏特林:“宣传理论无济于事,现在共产主义革命已经迫在眉睫,不是讨论理论的时候,而应当向工人们鼓动。自由相爱的协作社是共产主义的基础,建立起这些机构,改善工人的生活条件,共产主义社会就要到来了。”

马克思:“魏特林,你在德国大叫大嚷地鼓动,请你讲一讲,你根据什么来证明你的活动是正确的?你根据什么来确定将来的行动?”

魏特林:“我们的目的不在于创立什么新的经济理论,而是要采用一种更有效的方法去打开工人的眼睛,教他们在建立民主的和共产主义公社时，不要相信那些执政者的诺言，而要把希望寄托在自己身上。”

马克思：“魏特林的讽刺性演说的实质，在于激怒民众，而并不是给他们以任何可靠的、深思熟虑的行动根据，这完全是欺骗他们。人们没有正确的理论就什么都干不成，而且事实上除了喧嚣叫喊，有害的感情冲动外，只能使自己的事业归于失败。”

魏特林：“既然一个人把很多人聚集在一面旗帜下为正义、团结和兄弟般的互助而努力，那就不能说他是头脑空虚腹内无物的人。我们的平凡的准备工作要比抛开受难的世界来进行闭门造车式的理论分析，更有助于事业。”

马克思猛地站起来说：“无知从来也不能帮助任何人。”同时气愤地拍桌子，使桌上的油灯都晃动起来。

114. 美国、纽约，《人民论坛报》编辑部。4 月。

正义者同盟盟员、《人民论坛报》主编克利盖发表《告妇女书》等文：“……妇女是爱的祭司……充满爱的心灵必然发展成为共性的圣灵……一视同仁地把爱施舍给一切人……只要你们利用自己的影响，整个腐朽的根的王国就会垮台而让位给新生的爱的王国……”

115. 马克思住所。5 月 11 日。

马克思与恩格斯、沃尔弗、燕妮、魏特林等几个人开会，讨论克利盖言论。

马克思：“按照这种谈爱的废话，克利盖把具有世界历史意义的运动归结为几个字：爱和恨，共产主义和利己主义。……克利盖用以宣传这种倾向的幼稚而夸大的方式，大大地损害了共产主义政党在欧洲以及美洲的声誉。”

政论家沃尔弗（农奴出身）读克利盖的文章：“……每个农民，不管来自哪个国家，都分给他一百六十英亩的美国土地用以维持生活，……这土地仅限于自耕，……那么美国的贫困现象就会一举消灭。……”

马克思：“克利盖以为他能用一纸法令来禁止这种分配所产生的必然后果，即土地集中、工业进步等等。……如果克利盖把解放土地的运动看作无产阶级运动在一定条件下的必要的初步形式，……那么他的意见也就没什么可反对的了。但克利盖却把这种运动形式夸大为全人类的事业，……说成一切运动的最终的、最高的目的。……用十四亿英亩土地来实现的‘梦想’究竟是什么呢？无非是把一切人变成私有者而已，这种梦想就像梦想把一切人变成帝王和教皇一样，既无法实现，也不是共产主义的。”

沃尔弗继续读克利盖的文章：“为了这个爱的宗教，我们要求：饿的人有饭吃，渴的人有水喝，裸体的人有衣穿。”

恩格斯：“一千八百年来这种要求已经重复得令人厌烦了，然而毫无成效。”

马克思宣读《决议》：“……克利盖在纽约以‘共产主义’的名义所鼓吹的那些荒诞的伤感主义的梦呓，如果被工人接受，就会使他们的意志颓废。”

沃尔弗：“现在对决议进行表决，赞成：7票；反对：1票（魏特林），通过。”

116. 伦敦，德鲁利巷191号，正义者同盟总部。7月17日。

正义者同盟主席卡尔·沙佩尔向盟员们宣读通信：“致

布鲁塞尔共产主义通讯委员会，亲爱的朋友们！你们对伤感主义的共产主义流派所作的斗争是正确的，因为这些流派的观点是片面的，或者正在变成片面的，而且他们还奢望占据统治地位。但是你们本身也应该避免片面性……请你们不要立即把他们撵出教门，而是竭力去纠正这种状况吧，请你们甚至为宗教共产主义提供可能，让他们表现自己，不要急于谴责他们，而是努力、冷静地证明，这种共产党人是站不住脚的……我们赞成召开共产主义者代表大会，在这个大会上，共产主义的各种流派的观点将经过心平气和的讨论，而真理，当然会占上风，并且一定会取得胜利。……代表大会最好在我们这里举行。诚然，在伦敦开会，开支比在比利时大些，但这么重大的问题，可不能计较那些微不足道的小事，请认真考虑我们的建议。我们认为，无论在比利时还是德国，我们都不可能集中在一起，进行几天的讨论，而不引起警察的注意和遭逮捕。……伦敦共产主义通讯委员会。"

117. 巴黎，格拉维埃街 44 号。9 月。

恩格斯出席正义者同盟巴黎支部会议。

"真正的社会主义者"艾泽曼讲话："用无产阶级的储金开办工厂和作坊，使所有无产者都有工可做，使资产阶级手中的资本丧失支配劳动和获取利润的权力。"

恩格斯："这个异想天开的计划完全是一件超出一切范围的荒唐事。当无产者一贫如洗，口袋里连晚上在小酒铺买杯酒喝的钱都没有的时候，却幻想能用他们的储金购买下整整一个美丽的法国，以后也许还要购买其余的世界！"

艾泽曼："人人都成为生产者，生产的产品严格按照原产品费用加劳动费用来议价，不同协作社之间相互供应产品，各协作社所得收入平均分配给生产者，这样就可以免除资本家对工人的剥削。而实行破坏性的共产主义运动达不到目标。”

恩格斯：“在继续参与讨论之前，我认为有必要进行表决，我们是不是以共产主义者的身份在这里集会？如果是，那就不能让像艾泽曼这样攻击共产主义的事再次发生；如果不是，只是一些随便什么人开会，我就没必要和他们打交道了，以后也不来了。”

正义者同盟巴黎支部主席艾韦贝克：“我们是为人类的幸福，为了自己弄清问题来这里集会的，无论如何不能称为‘随便什么人’的。但我们首先要知道，共产主义究竟是什么？请您给出一个简单明了的回答。”

恩格斯：“我把共产主义的宗旨规定如下：（1）实现同资产者利益相反的无产者的利益；（2）消灭私有制而代之以财产共有；（3）除了进行暴力的民主的革命以外，不承认有实现这些目的的其他手段。”

118. 巴黎，蒲鲁东住所。12月。

蒲鲁东写《经济矛盾的体系，或贫困的哲学》：“……工人罢工是违法的，不仅刑法典上如此规定，而且经济体系，现存制度的必然性也说明了这一点。……每个工人有单独支配自己的人身和双手的自由，这是可以容忍的，但是社会不能容许工人组织同盟来压制垄断。……”

119. 布鲁塞尔，奥尔良路42号，马克思住所。1847年1月。

马克思写《哲学的贫困。答蒲鲁东先生的〈贫困的哲学〉》：“……工人们最初企图联合时总是采取同盟的形式。大工业把大批素不相识的人们聚集在一个地方。竞争使他们的利益分裂，但是维护工资这一对付老板的共同利益，使他们在一个共同的思想下联合起来。……他们所维护的利益变成阶级的利益，而阶级同阶级的斗争就是政治斗争。……”

燕妮誊写马克思的手稿：“……只有在没有阶级和阶级对抗的情况下，社会进化将不再是政治革命。而在这以前，在每一次社会全盘改造的前夜，社会科学的结论总是：‘不是战斗，就是死亡；不是血战，就是毁灭。’问题的提法必然如此。(乔治·桑）……”

琳蘅照看马克思的三个孩子。小燕妮、劳拉和新出生的小儿子埃德加尔。

120. 正义者同盟巴黎支部。2 月。

正义者同盟盟员，钟表匠约瑟夫·莫尔会见恩格斯：“我来这里之前已拜访了马克思，我也对他说了，我们深信你们见解的正确，同样深信有必要使同盟从陈旧的观点和密谋组织形式中解脱出来 。我们诚恳地邀请你们加入同盟并帮助同盟进行改组。你们可以在同盟代表大会上阐述自己的理论，并以此为基础为同盟制定新的纲领。”

恩格斯：“既然同盟的指导思想正发生重大转变，我们就没有理由拒绝加入，我们建议将正义者同盟改名为共产主义者同盟，因为许多人都宣称要正义，但他们并不因此就是共产主义者。而我们的特点不在于我们一般地要正义，而在于我们向现存的社会制度和私有制进攻，在于我们要求财产公有，在于我们是共产主义者。”

121. 马克思住所。5月。

马克思对沃尔弗说：“我不能去伦敦了，经济情况不允许我去。你代表布鲁塞尔小组去出席大会，这样，有你和恩格斯两个人就够了。”

122. 伦敦，德鲁列巷191号。6月。

共产主义者同盟第一次代表大会召开。

许多代表白天在工厂上班，晚上来不及换下脏的工作服，便前来开会。

恩格斯和沃尔弗参与起草《共产主义者同盟章程》：“……第一条，同盟的目的：通过传播财产公有的理论并尽快地求其实现，使人类得到解放。……第二条，入盟条件：……（5）服从同盟的一切决议；（6）保守同盟的一切秘密；……不能遵守者立即开除。……”

代表大会选出中央委员会，卡尔·沙佩尔任主席。

123. 巴黎，格拉维埃街44号，共产主义同盟巴黎区部。10月。

恩格斯与区部委员们讨论党的纲领。

委员们：“能不能一下就把私有制废除了？”

恩格斯：“不能，正像不能一下子就把现有的生产力扩大到为建立公有经济所必要的程度一样。”

委员们：“能不能用和平的办法废除私有制？”

恩格斯：“但愿如此，共产主义者也会是最不反对这种办法的人。……革命不能随心所欲地制造。……但是几乎所有文明国家的无产阶级的发展都受到强力的压制，共产主义者的敌人这样做无疑是想尽方法引起革命。”

委员们：“这种革命能不能单独在某个国家内发生呢?”

恩格斯：“不能。单是大工业建立了世界市场这一点，就把全球各国的人民，尤其是各文明国家的人民紧紧联系起来，致使每一国家的人民都受着另一个国家的事变的影响。……因此，共产主义革命将不仅是一个国家的革命，而将在一切文明国家里，即至少在英国、美国、法国、德国同时发生。……共产主义革命也会大大影响世界上其他国家，会完全改变并特别加速它们原来的发展进程。它是世界性的革命，所以将有世界性的活动场所。”

124. 伦敦，工人教育协会。9月。

法国空想社会主义者卡贝向共产主义者同盟盟员、裁缝列斯纳等宣讲：“既然在这里，政府、僧侣、资产阶级以及革命共和派都对我们进行迫害、诬蔑和诽谤，那就让我们去‘伊加利亚’建立共产主义移民区！让我们依靠舆论，通过说服，走向共产制度的胜利，无论如何缓慢，总比通过暴力更加可靠。共产主义就是博爱主义，就是基督主义。当今的共产主义者，实际上都是基督耶稣的学生和使徒。”

列斯纳：“‘乌托邦’‘太阳城’‘伊加利亚’，这些是诗人头脑中幻想出的世外桃源，对于觉悟工人来说，已没有吸引力了。我们决不做现实的逃避者。弟兄们，我们要在这里展开活动，进行斗争，因为只有在这里才能找到那些建立公有制所必须的因素，公有制首先就应该在这里建立起来。”

125. 马克思住所。11月初。

马克思对沃尔弗说：“我仍无法出席同盟第二次大会。”

沃尔弗："没有你的参加，我们党的纲领是定不下来的。"

马克思："我的问题是钱。你知道，我和恩格斯合写的著作没有出版，送到《汽船》杂志的一部分只是为了发表，我答应不要报酬。我批驳蒲鲁东的小册子销售很好，但是我要到明年1月才能拿到第一笔稿费。我一直想从母亲那里得到父亲遗产的一部分，可是母亲却抓着不放。我也向亲戚借款，但这一切都救不了眼前的急。"

沃尔弗："我们大家为你募捐，无论如何要促成你这次伦敦之行。"

126. 英吉利海峡。11月28日。

马克思和恩格斯同乘邮轮去伦敦。恩格斯说："赫斯的纲领草案根本不行，我的也不成熟。我们应当抛开旧的问答形式，因为需要部分地叙述历史。这个纲领最好叫《共产党宣言》。"

马克思说："好，我们以你的草案为基础，重新写。"

127. 伦敦，德鲁利巷191号。11月29日。

共产主义者同盟第二次代表大会召开。

马克思和恩格斯参与修订同盟章程："……第一条，同盟的目的：推翻资产阶级政权，建立无产阶级统治，消灭旧的以阶级对抗为基础的资产阶级社会和建立没有阶级、没有私有制的新社会。……"

卡尔·沙佩尔："大会委托马克思和恩格斯为同盟制定一个准备公布的周详的理论和实践的纲领。"

128. 布鲁塞尔，马克思住所。1848年1月。

马克思和恩格斯合写《共产党宣言》："一个幽灵，共产主义的幽灵，在欧洲游荡。为了对这个幽灵进行神圣的围剿，旧欧洲的一切势力，教皇和沙皇、梅特涅和基佐、法国的激进派和德国的警察，都联合起来了。

共产主义已经被欧洲的一切势力公认为一种势力。

现在是共产党人向全世界公开说明自己的观点、自己的目的、自己的意图并且拿党自己的宣言来反驳关于共产主义幽灵的神话的时候了。……至今一切社会的历史都是阶级斗争的历史。……从封建社会的灭亡中产生出来的现代资产阶级社会并没有消灭阶级对立。它只是用新的阶级、新的压迫条件、新的斗争形式代替了旧的。……资产阶级在历史上曾经起过非常革命的作用。资产阶级在它已经取得了统治的地方把一切封建的、宗法的和田园般的关系都破坏了。……不断扩大产品销路的需要，驱使资产阶级奔走于全球各地。它必须到处落户，到处开发，到处建立联系。……资产阶级，由于开拓了世界市场，使一切国家的生产和消费都成为世界性的了。资产阶级，由于一切生产工具的迅速改进，由于交通的极其便利，把一切民族甚至最野蛮的民族都卷到文明中来了。……资产阶级在它的不到一百年的阶级统治中所创造的生产力，比过去一切世代创造的全部生产力还要多，还要大。……资产阶级的生产关系和交换关系，资产阶级的所有制关系，这个曾经仿佛用法术创造了如此庞大的生产资料和交换手段的现代资产阶级社会，现在像一个魔法师一样不能再支配自己用法术呼唤出来的魔鬼了。几十年来的工业和商业的历史，只不过是现代生产力反抗现代生产关系、反抗作为资产阶级及其统治的存在条件的所有制关系的历史。只要指出在周期性的重复中越来越危及整个资产阶级社会生存的商业危机就够了。……社会所拥有的生产力已经不能再促进资产阶级文明和资产阶级所有制关系的发展；相反，生产力已经强大到这种关系所不能适应的地步，它已经受到这种关系的阻碍；而它一着手克服这种障碍，就使整个资产阶级社会陷入混乱，就使资产阶级所有制的存在受到威胁。资产阶级的关系已经太狭窄了，再容纳不了它本身所造成的财富了。——资产阶级用什么办法来克服这种危机呢？一方面不得不消灭大量生产力，另一方面夺取新的市场，更加彻底地利用旧的市场。这究竟是怎样的一种办法呢？这不过是资产阶级准备更全面更猛烈的危机的办法，不过是使防止危机的手段越来越少的办法。资产阶级用来推翻封建制度的武器，现在却对准资产阶级自己了。但是，资产阶级不仅锻造了置自身于死地的武器；它还产生了将要运用这种武器的人——现代的工人，即无产者。随着资产阶级即资本的发展，无产阶级即现代工人阶级也在同一程度上得到发展；……在阶级斗争接近决战的时期，统治阶级内部的、整个旧社会内部的瓦解过程，就达到非常强烈、非常尖锐的程度，甚至使得统治阶级中的一小部分人脱离统治阶级而归附于革命的阶级，即掌握着未来的阶级。所以，正像过去贵族中有一部分人转到资产阶级方面一样，现在资产阶级中也有一部分人，特别是已经提高到从理论上认识整个历史运动这一水平的一部分资产阶级思想家，转到无产阶级方面来了。在当前同资产阶级对立的一切阶级中，只有无产阶级是真正革命的阶级。其余的阶级都随着大工业的发展而日趋没落和灭亡，无产阶级却是大工业本身的产物。中间等级，即小工业家、小商人、手工业者、农民，他们同资产阶级作斗争，都是为了维护他们这种中间等级的生存，以免于灭亡。所以，他们不是革命的，而是保守的。不仅如此，他们甚至是反动的，因为他们力图使历史的车轮倒转。如果说他们是革命的，那是鉴于他们行将转入无产阶级的队伍，这样，他们就不是维护他们目前的利益，而是维护他们将来的利益，他们就离开自己原来的立场，而站到无产阶级的立场上来。流氓无产阶级是旧社会最下层中消极的腐化的部分，他们在一些地方也被无产阶级革命卷到运动里来，但是，由于他们的整个生活状况，他们更甘心于被人收买，去干反动的勾当。……无产阶级，现今社会的最下层，如果不炸毁构成官方社会的整个上层，就不能抬起头来，挺起胸来。如果不就内容而就形式来说，无产阶级反对资产阶级的斗争首先是一国范围内的斗争。每一个国家的无产阶级当然首先应该打倒本国的资产阶级。……在德国，只要资产阶级采取革命的行动，共产党就同它一起去反对专制君主制、封建土地所有制和小市民的反动性。

但是，共产党一分钟也不忽略教育工人尽可能明确地意识到资产阶级和无产阶级的敌对的对立，以便德国工人能够立刻利用资产阶级统治所必然带来的社会的和政治的条件作为反对资产阶级的武器，以便在推翻德国的反动阶级之后立即开始反对资产阶级本身的斗争。

共产党人把自己的主要注意力集中在德国，因为德国正处在资产阶级革命的前夜，因为同 17 世纪的英国和 18 世纪的法国相比，德国将在整个欧洲文明更进步的条件下，拥有发展得多的无产阶级去实现这个变革，因而德国的资产阶级革命只能是无产阶级革命的直接序幕。

总之，共产党人到处都支持一切反对现存的社会制度和政治制度的革命运动。

在所有这些运动中，他们都强调所有制问题是运动的基本问题，不管这个问题的发展程度怎样。

最后，共产党人到处都努力争取全世界民主政党之间的团结和协调。

共产党人不屑于隐瞒自己的观点和意图。他们公开宣布：他们的目的只有用暴力推翻全部现存的社会制度才能达到。让统治阶级在共产主义革命面前发抖吧。无产者在这个革命中失去的只是锁链。他们获得的将是整个世界。”

——在《国际歌》声中剧终

新青年

纪念五四运动100周年

刘 永 强 作 品 集

上集

1. 一幅清末人绘制的《时局全图》表现当时俄（熊）、英（犬）、美（鹰）、法（蛤）、德（蛇）、日（太阳）等帝国主义列强瓜分中国的情景，并配短联："一目了然，不言而喻。"

字幕：1900 年的时候，我们中国的地图是这样的。

2. 直隶省，天津，吕祖堂，5 月。

"天下第一团"大师兄张德成，津、静、盐、庆四县义和团统带曹福田，静海县乾字团总坛大师兄刘呈祥（19 岁），天津红灯照黄莲圣母林黑儿等率众聚集。

张德成向群众演讲："洋鬼子为了吸尽我们的血，他们的铁路像刀子一样伸进我们的土地，几十年来他们侵吞了我们的田地并窃取金银财宝，把魔爪伸进胶州、旅顺口和威海卫。……我们受够了洋鬼子的气！是报仇的时候了，要是你们坚如磐石，勇如猛虎，那么你们就能克敌制胜，拯救中华黎民，免遭洋鬼子蹂躏。"

曹福田："吾将洋人杀尽，再杀赃官、贪官！"

群众高呼："杀洋人、砍贪官！"

团民在墙壁上刷揭贴："男练义和团，女练红灯照，砍倒电线杆，扒了火车道，烧了毛子楼，灭了耶稣教，杀了东洋鬼，再跟大清闹。"

3. 北京，于谦祠。（时间同上。）

义和团聚集，打着："扶清灭洋，替天行道""扶保中华、逐去外寇"的旗子，发揭贴："庚子之年，日照重阴，君非桀纣，奈佐非人，最恨和约，误国殃民，上行下效，民冤不伸，原忍至今，羽翼洋人，趋炎附势，肆虐同群，逢天曹怒，假手良民，红灯下照，民不迷津，义和明教，不约同心，待当重九，剪草除根。”

围观市民议论：“连日由各处所来团民不下数万，多似乡愚务农之人，自备质斧，所食不过小米饭、玉米面而已，既不图名，又不为利，奋不顾身，置性命于战场，……只仇杀洋人，并不伤害良民。”

4. 北京，紫禁城。5月29日。

慈禧太后携光绪皇帝朝会大臣。

太监宣诏：“迩来近畿一带乡民练习拳勇，良莠错出，深恐别滋事端，叠谕令京外各衙门严行禁止，近闻拳民中多有游勇会匪，混迹其间，借端肆扰，甚至杀武员，烧毁电杆铁路，其与乱民何异。著派出统兵大员及地方文武，迅即严拿首要，解散胁从。……凡有教堂教民地方，均应实力保护，俾获安全而弭祸变。”

5. 北京，总理各国事务衙门。5月30日。

英国驻华公使萨道义、美国驻华公使柔克义、法国驻华公使鲍渥、俄国驻华公使格尔恩入见总理各国事务大臣奕劻，递交联合照会：“不论中国政府的态度如何，各国公使已经决定调兵来北京，我们劝告中国政府让步，以免引起意外的结果。”

6. 渤海湾，6月5日。

英国、美国、法国、俄国、德国、日本、意大利、奥匈帝国八国联军登陆，沿白河（海河下游）北岸的塘沽、军粮城进犯天津。

俄国士兵德米特理·杨契维茨基写日记：“塘沽至天津间的所有村庄都被联军焚毁。……整个白河北岸已变成一片荒野。”

7. 德国、柏林。6月19日。

德国社会民主党中央机关报《前进报》发表社论《铁拳》：“中国在其维护本国领土和民族特点的斗争中，应该同布尔人一样得到一切具有政治道德的朋友的同情。”“是谁给了外国人瓜分中国人的国家并强迫他们接受外国工业品的权利呢？”

8. 紫禁城。6月21日。

慈禧太后携光绪皇帝朝会大臣。

刑部尚书赵舒翘奏告：“拳会蔓延，诛不胜诛，不如扶而用之，统以将帅，编入行伍，因其仇教之心，用作果敢之气。”

太监宣旨：“我朝深仁厚泽，凡远人来中国者，罔不待以怀柔。彼等不知感激，反肆益嚣张，欺凌我国家，侵犯我土地，蹂躏我人民，勒索我财物。我国赤子仇怒郁结，人人欲得而甘心。朝廷仍不开衅，恐伤我人民耳。平日交邻之道，我来尝失礼于彼。彼自称教化之国，仍无理横行，专恃兵坚器利，自取决裂如此乎！与其苟且图存，贻羞万古，熟若大张挞伐，一决雌雄！我国土地广有二十余省，人民多至四万万众，何难剪彼凶焰，张国之威！凡有同仇敌忾，陷阵冲锋，或仗义捐资者，朝廷不惜破格奖励；若临阵退缩，竟做汉奸，即刻严诛，绝无宽待。”

9. 北京，东交民巷。(时间同上。)

清军与义和团联合攻打列强使馆驻兵。

10. 天津，紫竹林租界。(时间同上。)

清武卫军将领聂士成，练军守备宋春华率部配合张德成的“天下第一团”攻列强驻兵，林黑儿率红灯照运送弹药，救护伤员。

11. 上海，道台衙门，6月26日。

上海道台余联沅约见美国驻上海总领事约翰·古纳：“不论北方发生何等事故，湖广、两江总督在管辖范围内都将保护各国侨民生命财产安全，那么各国能否保证对于湖广、两江不加攻击？”

古纳：“我们愉快地接受两总督的保证，并对于他们的雅意致以最高的赞美。联军的司令官们及其部队是对义和团及阻碍他们救援危险中的北京及其他地区外国人的人们而作战，只要两总督按照中国政府所签订的条约在他们省份内维持外人的权利，我们的政府以前及现在都没有企图，无论是个别的或集体的，在扬子江流域采取任何仇视的行动。”

12. 天津。7月7—14日。

八国联军攻入城垣。聂士成（7月7日在八里台桥）、宋春华均战死。张德成、曹福田负伤败走。刘呈祥退到静海县高家村，被地主暗杀。林黑儿被俘遇害。

八国联军大肆烧杀淫掠。杨契维茨基写日记：“这座百万人口的大城市由于成千上万的居民外逃，而空了大半个城。”

13. 北京。8月15日。

八国联军赶到东交民巷，击退义和团和清军，解使馆之围，然后向内城攻击。

格尔思给俄国外交部写报告："全部联军约两万人，到后第二天即轰击并占领帝都，现在将近结束。中国人到处都顽强抵抗，使士兵非常愤怒，士兵们现在使用很大的暴力，杀死大量中立的和平华人，并大肆抢劫。"

14. 紫禁城，8 月 16 日。

八国联军攻上金殿，坐上龙椅。

宫内贵重物件被洗劫一空，戏园、庙堂等横遭捣毁。

15. 山西省，太原，太后行宫，9 月 7 日。

慈禧太后携光绪皇帝，三公大臣等逃亡到此，令太监发上谕："派奕劻会同北洋大臣李鸿章回京与各国议办一切事宜。此案初起，义和团实有肇祸之由，今欲拔本塞源，非痛加剿除不可。"

16. 北京郊县，几天以后。

清军配合八国联军追剿义和团民。

17. 法国巴黎，第二国际第五次代表大会。9 月 23 —27 日。

德国社会民主党左派领袖罗莎·卢森堡（29 岁）发言："每一次国际社会党代表大会都抗议并谴责军国主义这一资产阶级最有力的工具，这种军国主义政策已经普遍化，并且在帝国主义世界政策的形式下变本加厉。它经常地促使世界列强进行新的殖民掠夺，这种政策以中日战争为发端，接着是美西战争，德兰士瓦战争以及最近欧洲国家联合侵略中国的战争。但是，它将耗尽自己最后的力量，从而加快自己不可避免的崩溃时刻的到来。我们的代表大会应敲起警钟，号召全体无产者联合起来，进行政治斗争，为反对共同的敌人做好准备。”

18. 德国，慕尼黑。12月24日（平安夜）。

俄国社会民主工党领袖列宁（30岁）在《火星报》创刊号发表《中国的战争》：“中国人的确憎恶欧洲人，然而他们究竟憎恶哪种欧洲人呢？中国人并不是憎恶欧洲人民，因为他们之间并无冲突，他们是憎恶欧洲资本家及唯资本家之命是从的欧洲各国政府，那些利用自己人的所谓文明来进行欺骗、掠夺和侵略的人，中国人难道能不痛恨他们吗？……俄国工人阶级已经开始从例来所受的政治压迫和愚昧无知的状态中挣脱出来，因此一切觉悟的工人就有责任全力起来，反对那些挑拨民族仇恨和使劳动人民的注意力离开其真正敌人的人们。”

19. 美国，康涅狄格州，雷定。12月25日（圣诞节）。

美国作家马克·吐温发表演说：“我的同情完全在中国人民一边，如果我身在中国，我也是义和团。”

20. 紫禁城，1901年2月3日。

八国联军总司令瓦德西（德国陆军元帅）写给德皇的报告：“瓜分中国一事，倘或列强果有妥协之望，实为一个千载难得的时机。但我认为此事绝对不能实现。英国极不愿意法国进据云南，日本占领福建。日本对于德国据有山东当作危险。各国对于英国垄断长江，认为难以坐视。美国早已表示反对一切瓜分，而提倡利益均沾。俄国欲独占满洲，各国对此必将发生无限纠葛。……此外更有一事不应忘记，即我们对于中国群众，不能视为已成衰弱或已失德性之人。他们尚有蓬勃生气，更具有出人意外的勤俭巧慧诸性。至于中国所有好战精神也还未完全丧失，由此次‘拳民运动’可得见之。”

21. 太原，太后行宫，2 月 14 日（庚子年十二月二十六日，辛丑年元旦前夕）。

慈禧太后携光绪皇帝朝会大臣。

太监宣旨：“拳匪构乱，开衅友邦，朕奉慈驾西巡，京师云扰。昨据奕劻等电呈各国和议大纲，业已照允，量中华之物力，结与国之欢心。……此次拳教之祸，不知者或疑国家纵庇匪徒，激成大变。殊不知五六月间，屡次剿拳保教。……民教争讼，地方官时有所偏，畏事者袒教虐民，沽名者庇民伤教，官无持平办法，民教之怒愈结愈深，一朝骤发，不可遏抑，是则地方官之咎也。……拳匪既焚堂毁路，亟派直隶练军弹压。乃该军所至，漫无纪律，戕虐良民，而拳匪专持仇教之说，不扰乡里，以至百姓皆畏兵而爱匪。匪势由此大炽，此则将领之咎也。……王公大臣中，或少年任性，或迂谬无知，惑于妖妄，诧为神奇，于是各邸习拳矣，各街市习拳矣。朕有法不及众之忧，渐成尾大不掉之势。此则首祸王大臣之罪也。……今兹议约，不侵我主权，不割我土地，念列邦之见谅，疾愚暴之无知，事后追思，惭愤交集。唯各国既定和局，自不至强人所难。著奕劻、李鸿章于细订约章时，婉商力辩，持以理而感以情。各大国信义为重，当视我力之所能及，以期其议之必可行。”

22. 直隶省，深州，6 月。

联庄会首田燮经（武举人）集合七八十村庄人民，及逃来的义和团民和武卫军散勇，打起“扫清灭洋”的旗帜，与官军作战，事败溃散。

23. 北京，总理各国事务衙门，9月7日。

奕劻、北洋大臣李鸿章与萨道义、柔克义、鲍渥、格尔思、德国驻华公使穆默、日本驻华公使小村寿太郎、意大利驻华公使萨尔瓦格、奥匈帝国驻华公使齐干、西班牙驻华公使葛洛干、荷兰驻华公使克罗伯、比利时驻华公使姚士登签订《公约十二条》：“……惩办伤害诸国国家及人民之首祸大臣……庆亲王载勋、都察御史英年、刑部尚书赵舒翘均定为赐令自尽。……大清国大皇帝允定，付诸国偿款海关银四百五十兆两，……年息四厘，分三十九年还清。……大清国允定，各使馆境界独由使馆管理，亦可自行防守，中国人民概不准在界内居住。……中国国家应允由诸国酌定数处，留员驻守，以保刺布至海通道无断绝之虞。今诸国驻守之处，系黄村、廊坊、杨村、天津、军粮城、塘沽、芦台、唐山、滦州、昌黎、秦皇岛、山海关……”

24. 北京，贤良寺，不久以后。

李鸿章抱病于卧榻写奏折：“臣等伏查近数十年内，每有一次构衅，必有一次吃亏。今议和已成，大局少定，仍望朝廷坚持定见，外修和好，内图富强，或可渐有转机，譬如多病之人，善自医调，犹恐或伤元气，若再好勇斗狠，必有性命之忧矣。”

字幕：10月，李鸿章死，袁世凯接任北洋大臣。

25. 俄国，彼得堡，陆军部，1903年。

俄国陆军大臣克罗马特金日记：“我们皇上的脑袋里有宏大的计划，为俄国夺取满洲，把朝鲜并入俄国，还想把西藏并入本国，要夺取波斯……”

26. 黄海。(时间同上。)

日本海军巡洋舰“晓号”在航行中。

“晓号”舰长末次直次郎写日记：“我们驶到哪里去，谁也不知道，信号还没有，大家跟着旗舰走，按航行路线判断，我们驶向旅顺口，在佐世保我就听说，我们将不宣战，因为那完全是不可理解而又愚蠢的欧洲惯例……我早已乐于杀死每一个俄国人，因为我恨这个国家，就是这个国家阻挠着日本的强大。”

27. 日本，东京，神田，基督教青年会大厅。(时间同上。)

日本社会主义者片山潜在反战集会上演讲：“我是反对资本主义战争的，因为工人们自始至终是战争的牺牲者，我反对将要爆发的对俄战争，因为工人们必须去打仗，战争一开始，他们就要被派到前线去做炮灰，当战争结束后，工人们又要去弥补战争中的费用，因而他们将要受到更残酷的剥削，因此，我反对战争，战争是资本家阶级的事情。”

台下有人叫喊：“叛国犯！”

28. 奉天省，俄国占领地旅顺口。1904 年 2 月 8 日。

黑夜，日本舰队突然袭击俄国太平洋舰队，给予重创。

29. 日本，东京。3 月。

《平民报》发表《日本平民运动给俄国社会民主工党的信》：“日本政府和俄国政府发动战争，是为了满足它们的帝国主义的发财欲望，我们社会主义者并不承认任何种族差别，国家差别，民族差别，我们是同志，是兄弟姐妹，我们之间没有互相作战的任何理由。你们的仇敌——不是日本人民，是沙文主义和军国主义。我们的仇敌——不是俄国人民，同样是沙文主义和军国主义。我们必须联合全世界的社会主义者来进行反对这个共同敌人的英勇斗争。”

30. 东京，弘文书院。10月。

中国留学生集会，有人宣讲：“这次日俄战争在我国的东北地区爆发，是因为战争双方正是为瓜分这一地区才打仗的。”

中国留学生陈天华（29岁）激情诵读自己写的《警世钟》：“苦啊，苦啊，苦啊！我们同胞辛劳所积的银钱产业，一齐要被洋人夺去，惨呀，惨呀，惨呀，我们同胞恩爱的妻儿老小，都要受那洋人的斩杀奸淫。……庚子之年，各国不是不想瓜分中国，因为国数多了，一时难行均分，并且中国地方宽得很，各国势力也有不及的地方，不如留住这满清政府代他管理，他再管理满清政府，岂不比瓜分便宜得多吗？……各国不来瓜分我中国，断不能无故自己挑衅，学那义和团的举动。如今各国不由我分说，硬要瓜分了。洋兵不来便罢，洋兵若来，奉劝各位全不要怕他，齐把刀子磨快，火药上足，杀那洋鬼子，杀那投降洋鬼子的二毛子。舍死上前去，莫愁敌不住，搭救同胞出水火，这方算大英雄，大豪杰。”

31. 东京，民报社。1906年12月21日。

中国同盟会总理孙中山（40岁）在《民报》周年纪念会演说：“近来志士都怕外人瓜分中国，兄弟的见解，却是两样。外人断不能瓜分中国，只怕中国人自己瓜分起来，那就不可救了！……兄弟曾听人说，民族革命是要灭满洲民族，这话大错。……我们并不是恨满洲人，是恨害汉人的满洲人。假如我们实行革命的时候，那满洲人不来阻害我们，决无寻仇之理。……讲到那政治革命的结果是建立民主立宪政体。照现在这样的政治论起来，就是汉人为君主，也不能不革命。……”

32. 朝鲜，汉城。1910年8月29日。

日本驻朝鲜统监寺内正毅与朝鲜内阁总理大臣李完用签署《日韩合并条约》：“日本国皇帝陛下及韩国皇帝陛下，因两国间有特殊而又亲密的关系，预谋增进相互幸福并确保东洋之和平，深信莫如将韩国合并于日本。……”

33. 香港，跑马路35号，1911年4月23日。

同盟会员、广州起义总指挥黄兴（37岁）写短信：“本日驰赴阵地，誓身先士卒，努力杀贼，书此以当绝笔。”

34. 广东省，广州。4月27日。

下午5点30分，老城小东营，黄兴手持双枪，率100多名先锋队员，皆左臂缠白布，脚穿黑胶鞋，由林时爽等四人吹螺角号，冲上大街，攻打总督衙门。

同盟会员朱执信（留日大学生，26岁）匆匆赶来参加，队员说：“穿着长袍怎能冲锋陷阵？”朱当即拿剪子剪掉长袍的下半截。

两广总督张鸣岐闻枪声，仓皇逃往水师衙门。

花县工人徐临端、花县侨工徐礼明、花县农民徐进炲（34岁）、南海县侨工杜凤书、黄鹤鸣在激战中中弹牺牲。

东辕门，林时爽向水师衙门卫队喊话：“我们大家都是同志，不要打，不要打！”脑部中弹倒在血泊里。

南台消防会长刘元栋（26岁）太阳穴中弹，血溅满面。

林尹民（留日医科生，24岁）胸部中弹牺牲。林觉民

(留日大学生，25 岁）腰部中弹被俘。

炮台军士冯超骧（31 岁）身中十多枪，面部又中一枪，仆倒于地。

黄兴右手两指被子弹打断，游涛（19 岁）掩护其撤退，中弹牺牲，同行的同盟会福建支部长方声洞（25 岁）随后也中枪倒下。

莲塘街，同盟会员喻培伦（25 岁）因左手残疾，把一筐炸弹挂在胸前，边跑边用手投掷，在身上多处受伤后被俘。

小北门，高阳里，张鸣岐命兵放火烧房子，花县农民徐熠成、徐日培，广西天主教士韦统铃、韦统淮、韦树模、韦荣初先后牺牲。

双门底，黄兴躲入一店铺，遇一个十七八岁店伙计说：“我给人打伤，想出长堤。”店伙计说：“城门还开着。”给黄兴换了衣服，戴一小帽，送到五仙门直街，叫渡船助黄兴脱险。

朱执信在右手和胸部受伤后，躲入方言堂学生宿舍，后又移入一友人家中。

林觉民、喻培伦和被俘的林文（留日大学生，24 岁）、陈与桑（留日大学生，23 岁）退伍军士刘六符（40 岁）、陈可钧（留日学生，23 岁）、陈更新（炮台军士，21 岁）等在随后几天受酷刑拷问后被残杀。

35. 湖北省，武汉三镇（武昌、汉口、汉阳），新军第八镇第八营后队，10 月 10 日。

晚七时，共进会代表熊秉坤与金兆龙等在营房密谋：

“今天晚上举行起义。”

后队二排长陶启胜查营房，寻灯亮而来，破门叫：“你们干什么，把你们全抓起来！”伸手抓住金兆龙。

金兆龙喊：“同志们，动手！”

革命党人程正瀛拿枪托砸陶启胜，陶抱头外窜，被程开枪打伤腰部。

熊秉坤率这队起义军冲出营房，策动各部一致举事。

36. 武汉。11月。

革命军占领三镇后，清军大举反扑。

黄兴率革命军顽强抗击清军，卫兵举“战时总司令黄”大旗。

同盟会员董必武（26岁）在战场为革命军做后勤服务。

“中华民国”湖北军政府都督黎元洪会晤各国驻汉口领事：“本政府将尊重对于列强的既有条约与现状，并将充分保护一切外国人，只要他们不帮助清政府。”

领事们：“查国际公法，无论何国政府与其国民开衅，该国国内法管辖之事，其驻在该国之外国人无干涉权。本领事等自应严守中立，并照租界规则不准任何一方武装人员在租界内出现及在租界内隐匿军械和炸药等事。”

37. 云南省，昆明。（时间同上。）

云南革命军总指挥蔡锷（29岁）率部进攻清军。

同盟会员朱德（25岁）为先锋参战。

38. 彼得堡，冬宫。11月22日。

俄国代理外交大臣尼拉托夫向沙皇奏报：“目前‘中华帝国’的瓦解在许多方面是我们所希望的，即使中国各地区并不完全独立，而彼此间也将展开削弱它们力量的敌对行动。”

沙皇尼古拉二世：“对，把中国分为几个独立国家，是与我们的广泛利益一致的。我们绝不愿意看见有一个强盛的邻国。”

39. 江苏省，南京。12月。

黄兴之子——沪军先锋队副司令黄一欧指挥革命军攻城，收黄兴信：“一欧爱儿，努力杀贼。”

革命军占领全城，市民们纷纷剪掉辫子。

40. 上海，南北和议会场。(时间同上。)

英国驻上海领事向革命军政府代表伍廷芳和清政府代表唐绍仪递交照会：“英国政府认为中国目前斗争之继续，不唯将使该国本身并使外人的物质利益与安全遭受严重的危险。英国政府迄今采取严格的中立态度，认为有义务非正式地促请双方代表团注意。必须尽速达成和解，以终止现在的冲突，深信这一见解与有关双方的愿望是相符的。”

伍廷芳：“几十年来列强曾个别地或集体地捶打中国的大门，为求传播知识，改革国务，采用西方的科学和工业，使中国舍弃不文明的陈旧而卑下的观念。满清不能革新，乃有失败。我们已采取一切可能的步骤，尊重国际义务，保护投资利益，尤其继续维持法律与秩序，推行建设性的政策。”

美、日、德、法、俄领事随后也递交相似照会。

41. 上海，静安寺街剑桥总会。12月26日。

孙中山、黄兴会见独立各省代表团。

代表对孙中山说：“代表团欢迎先生前往南京，并拟举先生为‘中华民国’临时政府大元帅，先生之意如何？”

孙中山：“要选就选大总统，不必选大元帅，因为大元帅的名称在国外并非国家元首。”

代表：“在各省代表会所决定的临时政府组织法大纲里，本来有临时大总统职位，但袁世凯出任清廷内阁总理大臣后，派代表议和，暗示南方如能举他为大总统，则他也可赞成共和，因此代表会又决议此职留以待袁。”

孙中山：“那不要紧，只要他真心拥护共和，我就让给他。”

42. 南京。1912年1月1日。

孙中山乘火车来到，受到群众夹道欢迎，“共和万岁”呼声不绝于耳。

在旧咨议局，孙中山举行中华民国临时大总统就职仪式并发宣言：“满清时代，杂捐苛细，民不聊生，此后国家经费取给于民，必期合于理财学理，而尤在改良社会组织，使人民知有生之乐。……满清时代辱国之举措，及排外之心理，务一洗而去。持平和主义，与我友邦益增亲睦，使中国见重于国际社会，且将使世界渐趋于大同。……凡革命以前，所有清政府与各国缔结之条约，民国均认为有效，至于条约期满为止。……凡革命以前清政府所让与各国国家或个人之种种权利，民国政府亦照旧尊重之，其在革命军兴以后者则否。……”

43. 东交民巷，公使团。1月。

英、美、法、俄、德、日六国公使密谋。

英国驻华公使朱尔典：“中国内乱延长，将危及外国的利益，外人的生命财产，所以南北议和应早完成，清帝退位，由袁世凯代替孙中山职位，对列强是有利的，他的忠诚是没有问题的。”

美国驻华公使朱尔洪：“列强联合借款给袁世凯，可对中国南方领袖气焰予以打击，不使其要求过奢。”

44. 紫禁城。2月12日。

隆裕太后携宣统皇帝朝会大臣。

袁世凯跪地哭奏：“吾皇陛下退位后，帝号犹存，仍可留居宫中，每年优待费白银四百万两，求太后照允。”

隆裕太后流着眼泪说：“既然全国人民之心多倾向共和，予亦何顾一姓之尊荣，著由袁世凯组织临时共和政府与民国协商统一办法。”

袁世凯等叩头：“吾皇万岁、万岁、万万岁！”

45. 北京，“中华民国”临时参议院，4月。

袁世凯身穿总统服向议员训话：“凡我国民务当……以开诚布公巩固邦交为重，从前缔结之条约均当切实遵守，其未办之事，迅速举办。”

46. 内蒙古，归绥。11月15日。

内蒙古王公联合会发布全国通电：‘中华民国’成立以来，内蒙古全部六盟及科布多、乌梁海、青海、新疆各盟，均赞成共和，协同汉、满、回、藏人民共建新国。唯外蒙古库伦活佛哲布尊丹巴勾结图什业部落、车臣汗部落内三数王公，妄称独立，伪立政府。……蒙古全体并未承认。库伦伪政府近与俄国擅定协约，竟捏称蒙古全体殊可怪诧，本会系内外蒙古各盟王公组织而成，……并未承认库伦政府有代表蒙古之资格。该伪政府如有与外国协商订约等事，自应一律无效……

47. 北京，总统府。1913年1月2日。

袁世凯宴请各国使节，席间宣布："一、库事交涉，俄政府刻下稍微退让，我政府主张甚力，无论如何，必以武力为后盾。二、如再开议之时，俄人仍坚持强硬态度，即将此事宣告各国，委派专使赴荷兰，请求开临时海牙国际和平会议仲裁裁判。三、此时政府只宜镇静交涉，不能轻举妄动，如交涉决裂，中国实无磋商之余地时，只得实行最后之办法。"

48. 北京，国务院。4月26日。

国务总理赵秉钧与英国汇丰银行、法国东方银行、德国汇理银行、日本横滨正金银行、俄国华俄道胜银行代表签订《善后借款合同》："债额2500万英镑。……利息五厘，发行价格九扣，实收八五扣。……用途：清还已到期各款；各国因革命所受损失之赔偿费，……担保：盐税、关税及直隶、河南、山东、江苏四省的中央税项。……聘请外洋人协助管理征收事务。……期限47年，本息共计6789.3597万英镑。……

49. 北京，参议院。5月5日。

参议院议长林森主持会议，宣布："5月5日众议院特开会议，对于五国银行团善后借款案，多数否决，谓政府违法签约，咨送本院，查照备案，决不承认！"

50. 上海，孙中山寓所，几天以后。

孙中山与黄兴等议："袁世凯擅准借款，出卖利权，我主张发起二次革命，武力讨袁。"

黄兴："民国已是民主法治国家，目前应静待法律解决。”

孙中山：“先发制人，后发则为人所制。”

51. 北京，总统府。（时间同上。）

袁世凯召见北洋军第一军军长段芝贵，第二军军长冯国璋说：“现在看透孙、黄除捣乱外无本领，……我受四万万人民付托之重，不能以四万万人民之财产生命听任捣乱。……彼等若敢另行组织政府，我即敢举兵征伐之。”

52. 奥匈帝国占领地波兰之克拉柯夫，列宁住所，1913 年 5 月。

列宁写《落后的欧洲和先进的亚洲》：“……欧洲资产阶级为了一些财阀和资本家骗子的贪利目的而支持亚洲反动势力的事实，要算是证明整个欧洲资产阶级已经腐朽的一个最明显不过的例子了。……中国的新借款被用于反对中国的民主派，欧洲拥护准备实行军事独裁的袁世凯。为什么它要拥护袁世凯呢？因为这是个有利可图的机会。……若是中国人民不承认这笔借款呢？啊，那时先进的欧洲就会大喊什么‘文明’‘秩序’‘文化’和‘祖国’了，那时，他就会出动大炮并和那个野心家、卖国贼、反动势力的朋友袁世凯联合进攻‘落后’亚洲的共和制度！……但是整个年轻的亚洲，即亚洲数亿劳动者，有各文明国家里的无产阶级做他们可靠的同盟者。世界上没有任何力量能阻止无产阶级的胜利，他们一定能把欧洲各国人民和亚洲各国人民都解放出来。”

53. 南京。5 月 22 日。

黄兴竖起“讨袁军总司令”旗帜，率部与段芝贵、冯国璋的军队激战，不敌，逃亡。

54. 上海，军械制造局，5月23日。

上海讨袁军司令陈其美率部攻打北洋军第四师，不敌，退往闸北南海会馆。

这时，英国驻上海租界护卫军配合北洋军夹击讨袁军。

孙中山、陈其美败走日本。

55. 新疆，喀什。6月22日。

一支俄国军队（800多人，带三尊大炮）在城外驻扎。

56. 新疆，迪化，都督府。（时间同上。）

新疆都督杨增新写报告："俄领事谎报该国政府，借端保商，调遣军队，行动自由，推其居心，阳藉保护之名，阴行侵略之实。……领土存亡，千钧一发。除电饬该处文武各员加意防范，和平待遇外，咨请外交部照会俄使，严重交涉，要求电令俄军即时撤退，以符约章，而保主权，边局幸甚。"

57. 北京，外交部。11月5日。

外交总长孙宝琦与俄国驻华公使克鲁平斯基签署《中俄声明文件》："一、俄国承认中国在外蒙古之宗主权。二、中国承认外蒙古之自治权。三、中国承认外蒙古人享有自行办理自治外蒙古之内政，并整理本境一切工商事之专权。中国允许不干涉以上各节，是以不将兵队派驻外蒙古及安置文武官员，且不办殖民之举。……五、凡关于俄国及中国在外蒙古之利益暨各该处因现势发生之各问题，均应另行商订。"

58. 台湾，台中，东势角，12月2日。

爱国义士赖来与詹敦等举五色旗盟誓："驱逐异族，光复台湾！"他们攻打日本占领军，赖来与詹敦战死。

59. 北京，中央政治会议。12月15日。

袁世凯训话：外交之进行恒视内政之善否为转移，苟内政修明，则列强之对我自必亲睦。否则我先自伐，又何怪人。今我内政既如彼紊乱，则外交上当有如此之现象。总之，皆由政府权力薄弱之所致，理固然也。"

60. 北京，参议院。1914 年 4 月。

袁世凯向议员们提出《约法增修七条大纲》："一、总统得与外国宣战媾和，得与外国缔结条约，毋庸经参议院之同意；二、总统得制定官制、官规，得任用国务员及驻外使节，毋庸经参议院之同意；……五、有关公民权之剥夺与恢复，总统得自由行之；六、总统有发布紧急命令之权；七、总统有紧急处分财产之权。"

61. 奥匈帝国占领地波斯尼亚，6 月。

奥匈帝国皇储弗兰茨·斐迪南观看军事演习。

演习指挥官命令部下："塞尔维亚向我们进攻，消灭凶险的敌人！"

演习完毕，斐迪南称赞："军事演习很成功。"

62. 波斯尼亚首府萨拉热窝。6 月 28 日。

斐迪南夫妇坐敞篷车经过市中心。

塞尔维亚爱国义士普林西普开枪击毙斐迪南夫妇。

63. 奥匈帝国，维也纳，皇宫。（时间同上。）

奥匈帝国皇帝约瑟夫一世叫嚣："塞尔维亚作为一个政治因素，必须从巴尔干抹掉！"

64. 柏林，皇宫。7 月 29 日。

德国外交大臣雅戈夫向德皇威廉二世奏报："英国外交大臣格雷勋爵表示：'在奥国对塞尔维亚宣战以后，他们已不能再和奥国进行谈判，因而把恢复调解的请求转到我们这里来。’”

德皇：“完全是闻所未闻的英人伪善的典型，我永远不会和这样的骗子缔结海军协定！”

雅戈夫：“格雷说，不列颠政府依旧和我们维持友谊，只要冲突限于奥俄之间，亦将继续袖手旁观。”

德皇：“就是要我们让奥国听天由命！英国人的漂亮话！”

雅戈夫：“格雷又声明，倘使我们把法国卷入旋涡，不列颠政府也许将不得不采取紧急决定——战争一旦爆发，这将是世界上从未见过的一次最大的灾难。”

德皇：“就是，他们进攻我们！”

65. 冬宫。8 月 15 日。

尼古拉二世发表宣言：“奥地利无视塞尔维亚政府的和解答复，并且拒绝俄国的善意调停，匆忙发起军事进攻。——朕迫于由此产生的形势，已下令陆、海军作好战争准备，但同时朕十分珍视臣民的鲜血和财富，竭力争取和平解决问题。……而德国背弃百年来的睦邻关系，突然向俄国宣战。……朕必须捍卫俄国的荣誉、尊严和在列强中的地位，并坚信，所有忠实的臣民定会舍身为国。……我国的事业是正义的，全能的上帝必将赐福于神圣的俄罗斯和我们英勇的军队。”

66. 欧亚非地区。（时间同上。）

英、法、俄等协约国与德、奥等同盟国展开大战。

67. 北京，财政部。（时间同上。）

财政总长梁士诒会见英国《泰晤士报》记者莫理逊：

“我曾建议大总统德奥以小敌大，战之结果，必难幸胜，在我见，正不妨明白对德绝交宣战，将来与和议中取得地位，与国家前途深有裨補，大总统乃私下向朱尔典提出，愿意出兵助英国取青岛。然朱公使劝大总统保持冷静，中立勿动。”

莫理逊：“朱尔典是老糊涂。”

68. 东京，外务省，8 月 22 日。

日本外交大臣加腾高明发出致德国的最后通牒：“为了维持东亚普遍和平，日本政府与英国政府充分交换意见后，决定共同采取有关的必要措施，但在此之前，日本政府认为，理宜向德国政府提出一次友好建议：1. 全部德国军舰应立即从日本与中国邻近海面撤走，凡不能撤走的船舶应解除武装；2. 德国政府应在 9 月 16 日之前，将全部胶州租借地无条件和无补偿地移交给日本当局，以便归还中国。如果在 8 月 23 日正午以前得不到答复，日本就采取它认为必要的行动。日本绝无任何意图从事领土扩张政策，或任何自私自利的打算。”

69. 山东省，龙口。9 月 3 日。

日军登陆，驱走中国守军，对当地居民烧杀淫掠，并发布告：“凡住交战地内人民，须与日军尽力，如违将拿罚。”

70. 北京，总统府。（时间同上。）

日本顾问有贺长雄向袁世凯建议：“日本用兵原为东亚和平，履行日、英盟约，决不侵占中国领土。大总统应照日俄战争时旧例，推广战区，宣布局部中立。”

袁世凯对国务员们说：“在龙口—莱州及连接胶州附近各地方，确实为各交战国军队必须行用之地点，本政府不负完全中立之责任。此外各处仍悉照业经公布中立条规完全施行，凡参战军经过之地，我国官民生命财产不得伤及。”

71. 东京，精养轩。(时间同上。)

孙中山向朱执信、陈其美等发布宣言：“文主张急进、约束前人，激励后继，重新发起中华革命党。……共图三次革命，……现在全欧战云密布，各国自顾不暇，无力及我。且世界金融已紊乱，袁贼之财源已竭，……英雄有用武之地，正吾党努力建功之时，凡吾同志，务望担负责任，切实进行，黄龙痛饮，为日有期。”

72. 山东省，济南。10月初。

日军占领交通要道，驱走中国守军，对当地居民烧杀淫掠。

73. 北京，外交部。10月7日。

孙宝琦约见日本驻华公使：“日军近日行为显系违犯中立，今又占据济南车站，尤堪惊讶。故再提出抗议，并请转饬将济南车站日兵迅速撤回。”

日本驻华公使：“此为日本预定军事计划，并未侵犯中国中立。”

74. 北京，总统府。10月16日。

国务卿徐世昌，陆军总长段祺瑞拜见袁世凯。

徐世昌：“各省将军联名请缨抗日。”念联名电：“日本倘越济南一步，我国中央，即为动摇，某等置身军界，捍卫疆土，责无旁贷。请大总统即饬外交部与日本严切交涉，要求日本将济南军队，即行撤退，倘日本不念国交，再有意外行动，则我国唯有预备最后之对付方法。”

段祺瑞："仆等宁为玉碎，不为瓦全。"

袁世凯："日军行动，英国公使业已保证其于胶济铁路以外不致有何行动。日本素敦睦谊，谅亦不致更有意外之举，各将军务须镇静以待，不必稍形惊扰，致碍外交前途为要。"

75. 北京，外交部。10月17日。

孙宝琦约见朱尔典："攻击青岛，系英日互相提携，今日军占据胶济铁路，破坏中国中立，特提出抗议。"

朱尔典："战事初起，德人不但由胶济路运兵，并运送奥国水师及战时禁品，又辞退路所华人职员，显欲以该路供军事之用，日本因正当防卫而占领，英国不能干涉。"

76. 山东省，青岛。11月7日。

日英联军攻打德军，在互有千余伤亡后，德国驻胶州总督华尔德向日英联军司令神尾献刀投降。

青岛义民拿起武器抗击日本占领军："从前打德国鬼子，现在打日本鬼子。"

77. 柏林，帝国国会。12月2日。

德国社会民主党左派议员卡尔·李卜克内西在军费预算会议上发言："目前的战争是任何一个参战国的人民都不想要的，它不是为了德国或其他任何国家人民的利益而发动起来的，这是一场帝国主义战争，一场为了实现资本主义对世界市场的统治，为了从政治上控制运用工业资本和银行资本的主要地区而引起的战争。由于我反对导致战争的资本主义政策，反对战争所追求的资本主义目的，反对军国主义独裁，我对帝国政府提出的军费预算投反对票。"

德国社会民主党右派议员哈阿兹：“这是全体议员中唯一的一张反对票，因此无关大局。”

君主派议员狂叫：“绞死这个叛国犯。”

李卜克内西：“真正的叛国犯还没有坐到被告席上，而是坐在重工业、军需公司和大银行的办公室里，住在容克地主的骑士庄园中。”

78. 瑞士伯尔尼，列宁住所。12 月中旬。

列宁写文稿：“唯一正确的无产阶级口号是变现时的帝国主义战争为国内战争。由现在的战争灾难的各种客观条件中产生出来的正是这种转变。”

79. 东京，外务省。（时间同上。）

中国驻日公使陆宗舆拜会加腾高明：“我奉本国政府之命通知阁下，胶州战事已毕，特别中立区自应取消，日军即应回国，军用铁路电线均应撤去。暂照德国租借时办法，日军只能驻在青岛。”

加腾：“此事须与陆军当局并阁僚会议商决，现在适值年节，要人均已外出，容后答复。”

80. 北京，外交部。1915 年 1 月。

外交次长曹汝霖约见日本驻华公使日置益：“青岛德军投降，中国决定通告取消在龙口、莱州及胶州湾附近的特别交战区，外国所留军队撤退办法，可继续妥善商办。”

日置益：“中国通告独断不当，日本军队之行动设施于必要停留期间，依然存续，不能因此通告受何等之影响，亦不能因此而受拘束。”

81. 东京，首相府。（时间同上。）

日本首相大隈重信与阁僚拟议《对中国提出条件》："日本国政府与中国政府互愿将现存两国友好善邻之关系益加巩固，兹议定条款如下：第一款，中国政府允诺，日后日本国政府拟向德国政府协定之所有德国关于依据条约或其他关系，对中国政府享有一切权利、利益让与等项处分，概行承认。第二款，日本国臣民在南满洲及东部内蒙古为盖选商工业应用之房厂，或为耕作，可得其需要土地之租借权或所有权。……第二号，……第一款，两订约国互相约定，将旅顺、大连租借期限并南满铁路及安奉铁路期限，均展至九十九年为期……第五号，一、在中国中央政府，须聘用有力之日本人，充为政治、财政、军事等各顾问。二、所有在中国内地所设日本病院、寺院、学校等，概允其土地所有权。三、……将必要地方之警察，作为日中合办，或在此等地方之警察官署，须聘用多数日本人，以兹改良中国警察机关。四、……在中国设立中日合办之军械厂，聘用日本技师，并采买日本材料。"

加腾："为达此目的，对袁世凯应采取软硬兼施，打拉并用手段，打的手段如长留山东驻军，必要时可占领津浦路北段，同时鼓动革命党、保皇党从事颠覆活动；拉的手段即是针对其财政困难，以借款为诱饵。"

82. 北京，总统府。1 月 18 日。

曹汝霖引日置益拜见袁世凯，递交《对中国提出条件》。

日置益："今次如能承允所提条件，则可证明日华亲善，日本政府对袁总统亦可遇事相助。"

袁世凯："此事须与外交部商谈。"

日置益:“请绝对保密，尽速答复。”

83. 北京，日本驻华使馆，1月25日。

英国记者端纳从中国外交部获悉日本《对中国提出条件》，在报纸上传出去，英、法、俄等国驻华公使，同访日置益。

朱尔典:“日本所提对华条件，尤其第五号款项，是否属实?”

日置益:“只是一种希望条件，系出于对华劝告性质。”

克鲁平斯基:“日、中订约，若有害于列强利益，列强概不承认。”

84. 北京，外交部，迎宾大楼，2月2日。

外交总长陆征祥、次长曹汝霖与日置益会谈。

陆征祥将一分《商议大纲》交日置益，说:“此大纲中对日本所提条件，中国未尝过于拒绝，日本亦无不可达到之目的。以诚意相商，彼此意见互相接洽，即易于办理。”

85. 东京，外务省，2月8日。

加腾约见陆宗舆:“照上次会谈中国所宣布的大纲，日本政府断不允接受。”

陆宗舆:“声明第五号万难商议，中国政府让步已达极限。”

86. 东京，早稻田大学，2月11日。

中国留学生李大钊（26岁）、林伯渠等千余人冒雨集会。

李大钊发出《警告全国父老书》:“……战云四飞，倭族乘机，逼我夏宇。……噩耗既布，义电交驰。军士变色于疆场，学子愤慨于庠序，商贾喧嗓于尘市，农夫激怒于甿郊，凡有血气，莫不痛心，忠义之民，愿为国死。……苟吾四万万国民不甘于亡者，任何强敌亦不能亡吾中国于吾四万万国民未死以前。必欲亡之，唯有与国同尽耳。顾外交界之变幻，至为诡谲，吾国民应以锐敏之眼光，沉毅之实力，策政府之后，以为之盾。决勿许外敌以嘘喝之声，诱迫我政府，以徇其请。盖政府于兹国家存亡之大计，实无权以命我国民屈顺于敌。此事既已认定，则当更进而督励我政府，俾秉国民之公意，为最后之决行，纵有若何之牺牲，皆我国民承担之。……"

87. 美国、纽约，哥伦比亚大学，3 月。

中国留学生胡适在《学刊》上发文："就我看来，我们留学生，在这个时候，在离中国这么远的地方，所应该做的是：让我们冷静下来，尽我们的责任就是读书……让我们严肃地、冷静地、不被骚扰地、不被动摇地去念我们的书。好好准备自己，等到我们国家克服了这个危机以后……，去帮助她进步。……远东问题最后解决的办法，并不在于我们立刻和日本开战，或者其他列强干涉……我不知道答案在哪里……我们必须冷静客观地把它找出来。"随后出校门。

有中国留学生看到胡适文，斥骂："卖国贼。"

88. 北京，外交部。3 月 8 日。

日置益拜会曹汝霖：所商条件"若数日无满意之承认，恐生不测之事。"

曹汝霖："细订约章，总有个过程，勿要操之过急嘛，就是第五号中某些条款亦尚有可以承认者，这是我个人的意思。"

89. 奉天省，南满铁路。(时间同上。)

日军从朝鲜增派部队。

东北义民武装袭扰日军。

90. 上海，公共体育场，3 月 18 日。

绅、商、学界召集国民反日大会，国民反日同志会发致总统公电："民等宁为战败忠魂，不做亡国奴隶，务乞速作战备，捍卫国家，人民誓死以赴国难。"

91. 北京，外交部。5 月 7 日。

日置益向陆征祥递交最后通牒："照 4 月 26 日提出之修正案，不加任何更改，速行应诺。……期望中国政府至 5 月 9 日午后 6 时为止，为满足之答复，如到期不受到满足，则帝国政府将执认为必要之手段。"

92. 北京，外交部。5 月 8 日。

朱尔典拜访陆征祥："中日交涉，竟至决裂，各国既同情，又无能为力。为目前计，只有忍辱负重一法，接受日本要求，以避危机。"

93. 北京，日本驻华使馆，5 月 9 日。

陆征祥、曹汝霖向日置益交底："中国政府为维持东亚和平起见，对日本政府 4 月 26 日提出之修正案，除第五号中五项内容日后协商外，……即行应诺。"

94. 英国，华盛顿，国务院，5 月 15 日。

美国国务卿白里安发表声明："中日现在交涉之条约，其中任何一款经中国承认，而对在华外人之地位有所变更者，在最惠待遇之原则下，美国亦享有利益。"

95. 四川省，成都。5 月 18 日。

四川爱国会发通电："日本迫我订约，损失主权，士民共愤，生等愿效命疆场，恳废约宣战。"

96. 内蒙古，归绥。（时间同上。）

内蒙古王公联合会发致蒙藏院公函："近闻日本之要求，妄拥威吓，而政府委曲迁就，将东部内蒙古之种种权利，断送日人。……王公等宁为玉碎，不为瓦全，宁为土地牺牲性命，而不甘为他人之奴隶。"

97. 北京，外交部。5 月 25 日。

陆征祥与日置益签订《二十一条》。

98. 北京，总统府，6 月 1 日。

袁世凯签署《二十一条》。

陆征祥向袁世凯说："三四年后，一辈青年不明白如今的苦衷，只说我陆征祥丧权辱国，要吃我的肉。"

袁世凯："有什么补救办法？"

陆征祥："只有参战，到和会时再请各国改约。"

99. 湖南省，长沙，省立第一师范学校，6 月。

语文教员徐特立（38 岁）和学生何叔衡（39 岁）、蔡和森（20 岁）等传阅一份名曰《明耻篇》的小册子，上讲："日本占台湾、占旅顺、占大连，今又占青岛……"

学生毛泽东（22 岁）取笔在小册子封面写下："五月七日，民国奇耻，何以报仇，在我学子。"

100. 天津，河北公园。（时间同上。）

南开学校学生周恩来（18 岁）在各界"救国储金"募捐大会上演讲："巧妇难为无米之炊，因财政上之不充足，遂不能自立兵工厂，造军械等，军人虽勇，亦断不能立足于疆场筹借外债，如饮鸩止渴。我政府因无财而受屈辱，则今后欲图自强，舍谋经济界上之活动外无它道也。”随后带头捐款。

群众一边踊跃捐款，一边连呼口号：“不买日本货，不用日本钱，不看日本戏，不坐日本船，抵御外寇。”

101. 天津，南开学校。（时间同上。）

周恩来写文：“呜呼！处今日神州存亡危急之秋，一发千钧之际，东邻同种，忽逞野心，噩耗传来，举国骚然，咸思一战，以为借城背一、破釜沉舟之计，一种爱国热忱，似已达于沸点。”

102. 湖南省，宁乡县，玉潭学校。（时间同上。）

中学生刘少奇（18 岁）在师生集会上刺破手指，在白布上写血书，“誓雪国耻”。

师生们随后出校门游行。

103. 宁乡县城街头。（时间同上。）

刘少奇举着血字布标向群众演讲：“同胞们！我们中国素称东方大国，但是，自鸦片战争起，却屡遭列强欺辱。人家每次打进来破坏了我们的家园，我们还得给人家赔礼道歉，割地赔款。这是因为我们的国家积弱不振，一盘散沙，我们的政府昏聩无能、甘心卖国！如今区区五千万人口的日本，竟然对我堂堂四万万之众的大国以《二十一条》相要挟，我们能默默忍受吗？同胞们，行动起来，打倒卖国贼，赶走日本和各国强盗！”

群众高呼：“打倒外国强盗！誓死不当亡国奴！”

104. 北京，总统府，6 月 29 日。

袁世凯签发命令："近日中日交涉，谣言繁兴，抑制日货，时有所闻，甚非修好睦邻之道。……中外互市，有无相通，为彼此公共之利益，设有抑制，即双方同受其害。……况欧洲各友邦不幸失和，以致商业、金融受阻，我国厘税短收甚巨。……际此时局，岂可再生枝节。……思想过于简单，适为煽乱者利用，妨碍治安，尤为可虑。……凡我国民虽具爱国之诚，仍宜识别利害轻重，一朝之忿，明哲不取，务各安分营业。……各地方将军巡按使，遇有抑制外贷及排斥外人之举，务竭力谕禁；遇有扰乱行为切实查办……"

105. 瑞士，苏黎世。1916 年 7 月。

列宁写《关于自决问题的争论总结》："被压迫民族对压迫民族的仇恨暂时还会存在，这也是正当的，只有社会主义胜利以后，在各民族彻底确立了完全的民主关系以后才会消散，如果我们想忠于社会，现在就应当对群众进行国际主义教育，但是在压迫民族中不宣传被压迫民族有分离的自由，就不能进行这种教育。"

106. 北京，箭杆胡同 9 号，《新青年》杂志社，1917 年 1 月 1 日。

《新青年》主编陈独秀撰文："社会主义理想甚高，学派亦甚复杂，唯是说之兴，中国似可缓于欧洲，因产业未兴，兼并未盛行也。"

107. 北京，马神庙，北京大学。2 月。

北京大学校长蔡元培在《北京大学月刊》发刊仪式上演说："我对于各家学说，依各国大学通例，循思想自由原则，兼容并包，无论何种学派，苟其言之成理，持之有故，尚不达自然淘汰之命运，即使彼此相反，也听他们自由发展。”

李大钊、陈独秀等教授热烈鼓掌。

北京大学教授辜鸿铭仍穿着清朝服饰，留着长辫子，与同僚私议：“蔡校长说得冠冕堂皇，实则欲以新学排挤旧学。”

蔡元培接着讲话：“方今风俗日偷，道德沦丧，北京社会，尤为恶劣，诸君肄业大学，当能束身自爱，以身作则，力矫颓俗。”

108. 北京，李大钊住所。（时间同上。）

李大钊与家人过着简朴的生活。

109. 北京，前门大栅栏。（时间同上。）

陈独秀逛“八大胡同”。

110. 地中海。2 月 17 日。

一艘法国邮轮被德国潜水艇击沉，船上 543 名中国劳工死亡。

111. 北京，外交部，两日后。

外交总长伍廷芳紧急约见德国驻华公使辛慈：“我国对德国潜艇作战之新计划表示严重抗议，若抗议无效，将断绝与贵国的外交关系。”

辛慈：“我们对贵国劳工伤亡深表痛心，但如贵国不派遣这些劳工远赴欧洲为协约国方面作战地服务，不幸事件本来可以避免。”

112. 大西洋，3 月。

美国向英、法运售军火的商船“孟菲斯号”“伊利诺伊号”“维吉兰斯亚号”相继被德国潜艇击沉。

113. 华盛顿，国会，4月2日。

美国总统威尔逊向议员们演讲：“我建议国会，宣布德意志帝国政府最近的行为，事实上无异对美国政府及其人民作战，正式接受如此强加于美国的交战国地位，我们乐于为世界的最后和平，为各民族的解放，为人们到处有选择他们的生活方式和信仰方式的自由而作战。我们没有任何自私的目的，我们不想征服别人，也不想统治别人，我们不为自己索取赔款，也不为自愿的牺牲寻求物质补偿。”

议员们狂呼：“宣战！宣战！”

114. 北京，总统府，8月。

冯国璋身穿总统服与段祺瑞、曹汝霖等商议对德宣战。

段祺瑞：“我们与美国取一致行动，对德绝交后，宣战是顺理成章的。”

曹汝霖：“绝交而不参战，将来在协约国方面，我仍得不到好处。”

8月14日，冯国璋宣布：“自与德国绝交后，其潜艇之攻击如故，与德国取同一政策之奥国亦始终未改其度，我政府责善之心实已绝望，爰自‘中华民国’六年八月十四日上午十时起，对德国奥国宣告立于战争地位，所有以前我国与德、奥订立之条约、合同、协定及其他国际条款中有属于中德、中奥之间关系者，悉依国际公法与惯例一律废止，关于战时文明行动之条款罔敢逾越，宣战主旨在于遏阻战祸，促进和局。”

115. 北京，国务院，9月7日。

法国驻华公使康悌拜会段祺瑞：“中国政府已对德、奥宣战，协约国允将庚子赔款延缓5年交付，承认关税实行值百抽五之原则，允许中国军队暂得在天津附近20里内出入。”

段祺瑞：“为表示诚意，中国愿出动2万军队赴欧洲助战。”

康悌：“目前还是以输送劳工适宜。”

116. 广州，护法军政府大元帅官邸，几天以后。

孙中山发公电：“中国加入协约国，其结果于中国有纷乱之虞，无改善之效。”

117. 华盛顿，国务院，11月2日。

美国国务卿蓝辛与日本驻美国公使石井菊茨郎互换照会：“……合众国与日本国政府均承认凡领土相接近之国家间有特殊之关系，故合众国承认日本国于中国有特殊之利益，而于日本所属接壤地方尤为其然。……两国毫无侵害中国独立及保全领土之目的，两国政府常于中国维持所谓开放门户及对商工业机会均等之主义。”

118. 北京，国务院，几天以后。

段祺瑞接见日本驻华代理公使小幡，收日、美照会后说：“中国政府对于各友邦皆取公平平等之主义，故于各友邦基于条约所得之利益无不一律尊重。即因领土接壤发生国家间特殊关系，亦专以中国条约所已规定者为限。嗣后中国政府仍保持向来之主义，不因它国文书互认，有所拘束。”

119. 冬宫，11月7日（俄历10月25日）。

深夜，以列宁为首的俄国社会民主工党布尔什维克领导工人赤卫队和革命卫戍部队推翻临时政府。

工人赤卫队中国支队参加了作战。

120. 彼得格勒（原彼得堡），斯莫尔尼宫，11 月 28 日。

大门前站立卫队组长李富清（中国劳工）。

在人民委员会上，列宁发出《俄罗斯苏维埃联邦社会主义共和国建议举行停战谈判告交战国人民书》："我们向我们的盟国法国、英国、意大利、美国、比利时、塞尔维亚、罗马尼亚、日本和中国的政府提出这个问题，我们当着他们本国人民的面提出这个问题，是否赞同在 12 月 1 日和我们一起开始和谈？我们诉诸德国、奥匈帝国、土耳其和保加利亚的工人群众，我们建议的和约是各族人民的和约。……这样的和约，只有在革命群众对帝国主义的一切掠夺意图进行了英勇斗争的情况下，才有可能缔结，各族人民的和平友好万岁！"

121. 欧洲战场。12 月。

在西部战线，德、奥联军继续与英、法、美联军激战。

在东部战线，德、奥联军深入俄国布列斯特地区。

122. 华盛顿，国会，1918 年 1 月 8 日。

威尔逊向议员们演讲："一、各国外交公开，禁止秘密国际协定；二、平时和战时均遵守海上航行自由；三、公平地处理殖民地问题，既要顾及殖民地人民的利益，也应考虑殖民政府的正当要求；……十四、组织国际联盟，保障各国政治独立领土完整，不论国家大小，一律享受同等权利。"

123. 布列斯特，1 月 9 日。

苏俄代表团团长托洛茨基等与德国代表团团长霍夫曼等举行和谈。

霍夫曼："我们的议和条件是，德国继续保有占领的地区，俄国放弃所有占领的地区，并向德、奥赔偿战争费用60亿马克。”

124. 斯莫尔尼宫。1月21日。

列宁在布尔什维克党中央委员会会议上宣读《关于立刻缔结单独的割地和约问题的提纲》：“工人在罢工失败后，同意不利于自己而有利于资本家的复工条件，这并不是背叛社会主义，只有那些为了追求部分工人的利益而使资本家有利的人，才是背叛社会主义。……谁一点也不向人民隐瞒，不同帝国主义签订任何秘密条约，只是由于当时没有力量继续作战，才同意签订不利于一个弱国而有利于一个帝国主义者集团的和约，谁就丝毫没有背叛社会主义。……我们缔结单独和约，就能在目前可能的最大程度上摆脱两个彼此敌对的帝国主义集团，利用他们相互之间的敌视和战争，这种战争阻碍他们勾结起来反对我们，取得一定时期的行动自由，来继续进行和巩固社会主义革命。”

125. 北京，绍兴会馆，2月。

教育部佥事周树人（38岁），在寓所抄古碑帖。

北京大学教授钱玄同来访：“你抄这些有什么用？”

周树人：“没什么用。”

钱玄同：“那么你抄它是什么意思？”

周树人“没什么意思。”

钱玄同：“我想，你可以做点文章，我负责在《新青年》杂志上发表。”

周树人：“假如一间铁屋子，是绝无窗户，而万难破毁的，里面有许多熟睡的人，不久都要闷死了，然而是从昏睡进入死灭，并不感到死的悲哀，现在你大嚷起来，惊起了较为清醒的几个人，使这不幸的少数来受无可挽救的苦楚，你倒以为对得起他们吗？”

钱玄同：“然而几个人既然起来，你不能说决没有毁坏这铁屋的希望。”

周树人点头。钱走后，他开始写《狂人日记》署名鲁迅：“我翻开历史一查，……每页上都写着‘仁义道德’几个字，我横竖睡不着，仔细看了半夜，才从字缝里看出字来，满本都写着两个字是‘吃人’！……你们可以改了，从真心改起！要晓得将来容不得吃人的人，活在世上，你们要不改，自己也会吃尽。即使生得多，也会给真的人除灭了。同猎人打完狼子一样！……”

126. 俄国共产党（布尔什维克）第七次代表大会。3月8日。

列宁：我们开始社会主义改造的最终目的是建立共产主义社会，……因此，“共产党这个名称是唯一科学的。……到现在为止，欧洲几乎所有正式的社会党都成了工人社会主义革命运动的真正障碍，因此，我们应当明确果断地声明同这些旧式的社会主义断绝联系。”

127. 北京，外交部，5月13日。

日本驻华公使林权助拜会陆征祥：“俄国驻日公使，于去年11月将老少沟至长春之铁路签约让予日本，只因俄国内乱未靖，尚未发表。此系日本政府与俄国政府所订，未经实行以前，仍希望保密，俟俄政府确立后，即可实行。”

128. 东京，陆军部，5月16日。

中国军事代表靳云鹏与日本军事代表斋腾季次郎签订《中日陆军共同防敌军事协定》:“……凡在军事行动区域之内,中国地方官吏须尽力协助日本军队,使不生障碍。中国军队参与西伯利亚行动,应在日本军队司令指挥之下。”

129. 北京,北京大学西斋饭厅,5月20日。

北京大学学生邓中夏(24岁)、高君宇(23岁)、许德珩(29岁)等集会。

留日学生李达(18岁)讲话:“这次中日军事协定,从报刊披露看,名义上是防御来自北方的威胁,实际上给了日本军队在中国行动的自由。我们罢学回国,就是要联合国内学生,一致反对出卖国权。”

北京大学学生罗家伦:“对这个事件徒然气愤也没有用处,我们如果是有胆量的,明天便结队到新华门前去,要求政府取消成约,若是他们出动军警干预,我们要抱有流血之决心。”

130. 北京,总统府。(时间同上。)

夜晚,北京大学学生傅斯年拜见总统府秘书:“本校学生要纠众造反,向政府请愿示威,这运动只是少数人的运动,不能代表全体学生。”

131. 北京,新华门前(总统府前)。次日。

京津多校学生2000余人齐集,由罗家伦、李达、邓中夏、高君宇、许德珩、直隶第一女子师范学生郭隆真(23岁,回族)、天津南开学校学生马骏(23岁,回族)、天津北洋大学学生张太雷(20岁)等向冯国璋、段祺瑞递交请愿书。

冯国璋诡辩："中日新协定秘而不宣，只因涉及军事问题，其中绝无损害主权之议。"

段祺瑞哄骗："我曾在军中带头请缨抗日，怎么会有卖国之举？此次与日本商议协定，完全是看到日本颇推诚相与。"

132. 北京，国务院。（时间同上。）

陆征祥向段祺瑞报告："中国参加欧战后与协约国商定，将庚子赔款延期 5 年交付，现在唯有俄国仅允延交三分之一。"

段祺瑞："通知俄使，因俄国内乱日甚，其新政府未经各国承认，并与德国单独媾和，故本政府决定自本月起全部延期交付并行文总税务司备案。"

133. 克里姆林宫，7 月 4 日。

苏俄外交人民委员齐切林在苏维埃第五次会议上宣布："苏维埃政府将对中国撤废沙皇政府对东北的各种压迫，及其在中国和蒙古的治外法权，放弃沙皇政府以各种口实对中国人民所加的负担，撤回沙皇政府对于驻在国的领事馆所设的武装部队，并将中国各种赔款中的俄国部分交还中国。"

134. 北京，财政部，8 月 2 日。

农商总长田文烈、曹汝霖、陆宗舆等与日本兴业银行代表签订《吉林、黑龙江两省林矿借款合同》："中华民国政府为谋吉黑两省金矿及森林事业之发达起见，由股份公司中华汇业银行，订借日金三千万元正。……本借款金年息七厘五毫……为本借款金付还本息之担保，吉黑两省之金矿及国有森林，二由前项所生之政府收入。……合同以日文为准。……

‘中华民国’农商总长田文烈、中华民国财政总长曹汝霖、股份公司中华汇业银行总理陆宗舆、股份公司中华汇业银行专务理事柿内常次郎。……”

日本兴业银行代表：“为使采金局和森林局各达其目的，以巩固本借款偿还之财源起见，应聘用日本技师，俾赞襄各该两局之事务。”

陆宗舆：“聘用合同另拟定之。”

135. 北京，国务院，8月24日。

段祺瑞签发《海参崴出兵宣告》：“民国政府，受合众国政府创议，特派相当军队出兵崴埠，与联合各国取一致行动。国务总理段祺瑞。”

136. 苏俄，西伯利亚地区，9月。

中国驻崴支队长宋焕章率部配合美、日、英、法军队和旧俄海军上将高尔察克的白卫军攻击苏俄红军。苏俄红军英勇抗击白卫军和外国干涉军。红军中国团参加作战。

137. 东京，中国驻日本使馆，9月28日。

中国驻日公使章宗祥与日本兴业银行副总裁小野英二郎签订《济顺、高徐铁路借款合同》：“……中国政府垫借日金二千万元，……本垫款之利息，年息八厘，……本垫款以政府所发行国库证券贴现之方法交付。……以本公债募得之资金，优先即速付还本垫款。……”

138. 北京，外交部。10月30日。

协约国公使团拜访陆征祥，递说帖提出：“中国参战不利，忙于内战。若中国政府对说帖十二条加以注意，对中国将来参加和平会议有利。”

139. 日本，各地，9—10月。

因米价飞涨，民众要求降价，引起抢米风潮，时称“米骚动”。

140. 北京，总统府，10月中旬。

林权助拜见徐世昌：“徐大总统阁下，今日本米谷缺乏，因之米价腾贵，穷民不堪痛苦，遂至暴动四起，故请中国援助。”

徐世昌指示国务总理钱能训：“与人方便者，与己方便，由国务院允准山东省运送150石稻谷接济日本。”

141. 柏林，11月9日。

德国社会民主党斯巴达克团领导工人赤卫队和革命士兵举行起义，攻打皇宫。

威廉二世逃往荷兰。

下午2点，德国社会民主党执行委员谢德曼在国会大厦阳台向支持者宣布：“伟大的德意志共和国万岁！”

下午4点，李卜克内西在皇宫阳台向起义工人和士兵及群众宣布：“自由社会主义共和国万岁！”

当晚，德国社会民主党主席、德意志共和国人民委员会主席艾伯特发出布告：“国防军必须保持，工人必须交出武器，派代表与协约国谈判停战。”

142. 法国，贡比涅森林，11月11日。

美国代表、协约国代表与德国代表在一节火车厢里谈判，签订《停战协定》：“……四、德国军应完整地交出下列军用物资，……五、德军撤出莱茵河左岸地区，这些地区在协约国和美国的占领军监督下，由地方当局管理。……七、31天内，向联合各国交出五千个火车头、十五万节车厢，……五千辆卡车。……十九、对所造成的损失应予赔偿。……德国夺取的俄国和罗马尼亚的黄金移交盟国代管，直到和约缔结为止。……二十二、现有潜水艇均向协约国和美国交出。……二十九、……德国在黑海所夺取的一切俄国军舰应全部移交协约国和美国。……”

143. 苏俄，莫斯科，克里姆林宫，11 月 13 日。

全俄苏维埃中央执行委员会主席斯维尔德洛夫宣布：“1918 年 3 月 3 日在布列斯特与德国签订的和平条件失去其效力和意义。俄国所有被占领区将予以肃清。对一切民族的劳动人民应承认其有充分的自决权，一切损失将由真正的战争祸首——资产阶级来负担，一切国家和民族的劳动者的和平同盟万岁！”

144. 北京，天安门广场，11 月 15 日。

大批学生和市民集会，欢呼：“德国战败了，奥国战败了！协约国胜利了！我们胜利了！胜利了！胜利了！”

李大钊演讲：“我们庆祝，不是为哪一国或哪一国的一部分人庆祝，是为全世界的庶民庆祝。不是为打败德国人庆祝，是为打败世界的军国主义庆祝。原来这回战争的真因，乃在资本主义的发展，国家的界限以内不能涵容它的生产力，所以资本家的政府想靠着大战把国家界限打破，拿自己的国家作中心，建一世界的大帝国。为自己国内资本家阶级谋利益。俄、德等国的劳工社会首先看破他们的野心，不惜在大战的时候掀起了社会革命，防遏这资本家政府的战争；联合国的劳工社会也都要求和平；渐有和他们的异国的同胞取同一行动的趋势。

这亘古未有的大战，就是这样告终；这新纪元的世界改造，就是这样开始。1917 年的俄国革命，是 20 世纪中世界革命的先声，今后的世界，将变成劳工的世界。”

毛泽东、蔡和森等在场热烈鼓掌。

145. 北京大学，法科礼堂，12 月。

胡适向学生们演讲：“这一次协商国所以能大胜，全靠美国的帮助。美国所以加入战国，全是为寻一个解决武力的办法。把各国私有的武力变成了世界公有的武力，就是变成了世界公有的国际警察队了，这便是解决武力的办法。”

罗家伦、傅斯年等热烈鼓掌。

146. 《新青年》杂志社，12 月 22 日。

陈独秀写《〈每周评论〉发刊词》：“美国大总统威尔逊的演说都是光明正大的，可算得现在世界上第一大好人”。

147. 柏林，议会大厅，12 月 31 日。

李卜克内西等 100 多人出席德国共产党成立大会。

罗莎·卢森堡讲话：“如果我们今天在纲领中宣称，无产阶级的直接任务不是别的，就是促使社会主义成为行动和事实并且把资本主义彻底消灭，那么我们就站到马克思主义的原则立场上了。”

李卜克内西等喊：“很好！”

卢森堡：“德国军队与美英帝国主义者配合进攻苏维埃俄国，意味着确认各国资本家反对全世界战斗无产阶级的世界联盟，党代表大会鉴于这一骇人听闻的行动重新声明：‘艾伯特——谢德曼政府是德国无产阶级的死敌，打倒艾伯特——谢德曼政府’。”

李卜克内西等喊："很对！"

148. 柏林，1919年1月15日。

德国社会民主党人诺克斯率领"铁师"部队从外省开来，在大街上行进。谢德曼亲自迎接。

艾伯特看到"铁师"部队，凶相毕露地说："总清算的时候来到了。"

"铁师"部队展开行动，捕杀共产党人及其武装工人赤卫队和"人民海军师"。

149. 柏林，艾登旅馆。（时间同上。）

夜晚，"铁师"部队逮捕李卜克内西和罗莎·卢森堡，把李卜克内西就地枪杀，把卢森堡打晕后，塞进汽车，再予枪杀，尸体抛进护城河。

150. 莫斯科，苏维埃大厦，1月19日。

列宁在阳台上向群众演讲："今天，柏林的资产阶级和社会主义叛徒兴高采烈——他们终于杀害了李卜克内西和罗莎·卢森堡。四年来一直驱使工人去为了强盗利益卖命的艾伯特和谢德曼，现在又当起屠杀无产阶级领袖的刽子手了。德国革命的实例使我们深信，民主不过是资产阶级的掠夺和最野蛮的暴力的掩饰物。消灭刽子手！"

群众高呼："消灭刽子手！""无产阶级领袖万岁！"

151. 北京，边防督办处，2月5日。

边防督办处参谋长徐树铮与日本陆军代表乙东彦签订《中日关于陆军共同防敌军事协定战争终了之协定》。

152. 巴黎，凡尔赛宫，2月28日。

国际和平会议在此召开，多国民众在场外聚集，中国留法学生和劳工也大批聚集。国民外交协会委员梁启超也在其中。

法国总理克列孟梭、美国总统威尔逊、英国首相劳合·乔治、日本政府代表牧野伸显等入会场。

中国政府代表陆征祥、顾维钧参会。

陆征祥脑中想着段祺瑞嘱咐："此次参战，宣布过迟，有名无实，不应多提要求，除收回德奥租借并取消其在中国之治外法权外，拟提议撤销庚子条约驻兵一条及修订海关税则。至于青岛问题，日本一再宣言交还中国，谅不至食言，且看日本有无提议，随即应付。"

顾维钧看一份2月10日北京学生救国会致代表电："山东问题及废除未经国会正式通过之一切国际秘密条约，国民誓死力争，愿公等坚持到底，全国国民为公后盾。"

153. 巴黎和会会场。(时间同上。)

牧野发言："山东地区是日本参战后，付了惨重牺牲的代价才从德国手中夺取的领土，我们不能应允德国在战后再据有这些地区，因此，德国在山东各项权益无条件地让与日本才是公平的。"

顾维钧："日本为中国逐出德国势力于山东并且牺牲不少，此为敝国所当竭诚申谢的。然而，割让中国人民天赋之权利为报酬，而播下将来纷争的种子，则为本全权代表所不得不竭力申辩的。中国对德宣战，中德条约宣告废止，情况已有变更，日本根据中德旧约继承德国在山东的权利，当然不能认为有效。青岛、胶州租借地，胶济铁路及其附属财产，都应交还中国。"

牧野：“日本占领胶州湾后至今日，事实上已为我领属，而且中、日两国间，已有交换胶州湾之约，关于铁路也有成约。”

威尔逊：“既然中、日双方就山东问题订有密约，能否将密约交会方看看？”

牧野：“我个人不反对公开密约，但必须请示我国政府后才能提交。”

顾维钧：“我也愿意请示本国政府提交这些文件。”

154. 朝鲜，汉城，塔洞公园，3月1日。

几千大学生和近万工人、市民集会。

组织者宣读《独立宣言》。

群众激呼：“独立万岁！”“朝鲜是朝鲜人的朝鲜！”“日本兵滚出去！”

群众冲出公园，挥舞铁棍、菜刀等突袭日本警察所、宪兵队。

警察宪兵措手不及，抱头逃窜。

总督府，日本驻朝鲜总督长谷川下令：“朝鲜全境戒严。”

日本军队大批出动，到处捕杀朝鲜爱国义士，致7000多人牺牲。

155. 克里姆林宫，3月2—6日。

共产国际第一次代表大会召开；“中国社会主义工人党”代表刘绍周、张永奎、朝鲜工人联合会代表等出席。

列宁致开幕词：“同志们，我们的会议具有伟大的世界历史意义，它证明资产阶级民主的一切幻想已经破灭，帝国主义战争以后的事变进程不可避免地促进了无产阶级的革命运动。现在只是必须找出一种能使无产阶级实现自己统治的实际形式。这种形式就是无产阶级专政的苏维埃制度。尽管资产阶级还在横行霸道，还在杀害成千上万的工人，但是未来是属于我们的，世界共产主义革命的胜利是有保证的。”

刘绍周发言：“我代表几万万灾难深重的中国人民向旗帜鲜明地同残暴的世界帝国主义进行斗争的第三国际致以热烈的祝贺。”

156. 巴黎和会会场，3 月中旬。

陆征祥、顾维钧向各国代表散发《关于对德、奥和约中应列条件说帖》：“中国政府之意愿，大要在于使从前用威吓手段或用实在武力，而向中国获得之领土与权利产业，仍归还中国。”

牧野向各国代表散发《英日密约》和《中日关于山东问题换文》。

《英日密约》：“英国政府，对于日本国将来在议和会议，主张处分德国在山东利权及占领赤道以北德领……乐于同意。1917 年 2 月 16 日。”日本政府对英国关于赤道以南德属诸岛之要求，亟愿以同一精神赞助之，1917 年 2 月 21 日。

《中日换文》：“帝国政府顾念我两国善邻之谊，本和衷协调之意，将关于山东诸问题照左列各项处理，认为妥当……（一）胶济铁路沿线之日本国军队，除济南留部队外，全部调集于青岛。……（三）上列各处巡警队本部及枢纽驿站，并巡警养成所，应聘用日本国人。……（六）胶济铁路所属确定以后，归中日两国合办经营，日本帝国外务大臣后腾新平，大正七年九月二十四日。”“中国政府对于日本政府右列之提议，欣然同意。‘中华民国’特命全权公使章宗祥，‘中华民国’七年九月二十四日。”

157. 东京，火车站，4月11日。

章宗祥和夫人坐汽车抵站，准备回国。

中国留学生几百人举白旗迎住章车怒骂：“卖国贼!”矿山、铁路尽断送外人。”“祸国殃民!”并把白旗纷纷掷出，几乎盖住章车，吓得其妻大哭。

158. 上海，公共体育场，4月16日。

上海民议联合会、华侨联合会、外交后援会等召开联合团体大会，决议：“段祺瑞、曹汝霖、徐树铮、陆宗舆、章宗祥、靳云鹏等种种卖国行为，日益加厉，为全国所不容，应请政府惩办，以除祸根。”

159. 济南，省议会外广场，4月20日。

山东省议会议长张英鳞在国民大会上宣布：“青岛及山东路矿，日本人实无继承之权，我国军阀及二三奸人阴谋卖国，山东人闻之，异常愤激，因此开十万众之国民大会，誓死抗争，义无反顾。今决公电吁请巴黎和会代表，勿负人民重托，据理力争，恢复我国主权，维持东亚和平。”

160. 巴黎和会会场。(时间同上。)

中国政府代表王正廷向旅法华人演说：“吾辈提议于和会者，主张废止《二十一条》及其他密约不遗余力，推测日本之伎俩仅有二途：“日引诱，日用武，然皆与正义公道相违……但吾国人中有因私利而让步者，其事与商人违法贩卖者无异，此实卖国之徒也。所望全国舆论对于该等卖国贼群起而攻之，然后吾辈乃能有讨论取消该条件之余地。”

旅法华人：“果有是人者，真秦桧再生于今日，李完用复生于中国矣。”

161. 北京，交通部。（时间同上。）

曹汝霖对部下讲：“山东铁路合同因徐总统就任无款，不得已而为之。所借日款，涓滴归公，并无回扣。”

162. 巴黎和会会场，4 月 22—24 日。

顾维钧、王正廷向美、英、法、日代表散发说帖：“一、胶州为交还中国起见，先交五国暂收；二、日本承认于对德和约签字起一年以内实行上条之交还；三、中国重视日本因胶洲军事所有费用等，愿以款项若干作为报酬，其数额由四国公决；四、胶州湾全部开作商埠，如有必需之处，亦可划一区域作为专区，任缔约国人民居住通商。”

劳合·乔治：“山东问题现在有两种解决办法，其一是由日本继承德国权利，其二是由中、日两国相互履行自订契约以为凭证。”

克列孟梭：“英国首相所言，亦即法国之意。”

顾维钧：“此两种办法，皆非我国所愿接受或选择的，希望与会各列强伸张正义，将这不公平的山东问题加以撤销之。”

威尔逊：“我们参加世界战争，目的就是维护条约的神圣。中、日两国既有 1915 年 5 月 25 日的协定于前，又有 1918 年 9 月 24 日换 6 文于后，英、法等国与日本所订的条约又有维持日本在山东权利的义务，在这种情况下，山东问题没有变更的余地。”

顾维钧：“事实不是这样的。1915 年的中、日条约是在日本最后通牒逼迫下的不平等条约，而1918年的换文，又是以上项不平等条约为根据的。

威尔逊："顾代表的话并不全符合事实。1915年条约中国可以说是受胁迫的，但是1918年9月协约国即将胜利，日本绝不能再强压中国，为何贵国公使又以'欣然同意'之无保留态度对新约作出换文承诺？"

顾维钧无言以对，想到章宗祥1918年9月28日借日金2千万元。

劳合·乔治："英、日签订密约时，地中海局势异常紧张，英国不得不依重日本的协助。现在看来，当时付给日本的代价过高了，但是条约已经签署，也得遵守啊！"

顾维钧："首相大人既然也承认条约受到胁迫，为何还要遵守这不平等条约？"

威尔逊："美国和欧洲并非不愿意主持公道，无奈受成约束缚，帮不上忙。好在国际联盟就要成立，将来如再有强加于中国的不平等条约，国联成员自有援助义务"。

顾维钧："我们要的是现在，如果会议就这样定了，全中国人民是不会答应的。"

163. 巴黎，医院。(时间同上。)

陆征祥躺在病床上对顾、王等专使说："和约即使不签字，日本仍可依据1915年条约，向我直接请再订约，倘那时仍不能不签，则较之现在和约签字，事实如一，威望更逊。对英、法、美关系，此次经三国讨论数日，而结果仍然如此，我虽在理，彼亦有种种苦衷，难免妨碍彼我感情，且关系于后。"

王正廷："团长的意思，到时签字？"

陆征祥叹口气说："走一步看一步吧！"

164. 巴黎和约会场外，4 月 24 日。

梁启超发出《致国民外交协会电》："山东问题，我若认此，不啻作绳自缚，请警告政府及国民严责专使，万勿签字，以示决心。"

165. 北京，总统府，5 月 1 日。

国民外交协会委员长林长民等拜见总统府秘书长，上呈文："山东问题实此次外交专使一大关键，今既有此噩耗，最要之对待方法唯有请政府电训勿予署名，因不署名，尚有可研究种种办法，若一署名即成铁案，不啻自戕，毫无解除之余地。"

166. 北京街头，5 月 2 日。

市民们看到《晨报》刊载林长民文《外交警报告国人书》："胶州亡矣，山东亡矣，国不国矣！国亡无日，愿合四万万众誓死图之。"

167. 东京。(时间同上。)

日本文学博士建部遁吾："此次巴黎和会，议及山东问题，侵害日本之既得权，紊乱世界秩序。"

日本法学博士高桥作卫："青岛不还付，原则也，因租借地即为让渡。"

168. 巴黎，医院，5 月 3 日。

陆征祥卧病拟电文："和会仍凭战力，公理莫敌强权，祥等力竭智穷，负国辱命，谨合呈大总统，请即开去全权。"

顾维钧："今巴黎为一是非之地，和议成烫手山芋，谁愿接手？国府对我等请辞定然不允。"

陆征祥叹气说："总得表个态吧！"

169. 北京，参议院。(时间同上。)

山东籍议员谢鸿涛、沙明远等提交《查办卖国大吏之提案》："查山东权力丧失之故，大都由交通总长曹汝霖，币制局总裁陆宗舆狼狈为奸"。外则由驻日公使章宗祥阴与日人勾结，为鬼为蜮。如高徐、顺济铁路合同，以及各种密约，丧权辱国，肥己便私。若律以刑典，则曹、陆、章之犯外患罪（暂行刑法第一百零九条）……本员代表民意，疾恶如仇。庆父不除，鲁难未已，用是依据约法第十九条第十项，提出兹案，请即咨请大总统速行下令，将曹、陆、章等褫职，交法庭严讯办理。倘若曲予优容……则民怒难犯，它日事变正未可卜耳。

国会议员提交《弹劾专使案》："派赴巴黎议和委员陆、顾、王等，本宜竭忠尽谋，各图挽救，乃据近日消息，媾和总约不日签字。民人共愤，陆等辱国丧权，提请查办。"

170. 湖南省议会，通电："我国即使不加入协约国，青岛亦无任日本占据之理，既加入，而结果乃战败国之不如，我国何必尚列席和会，为诸国羞。应请政府训令专使，力争无效即退出。我不署名，断送国权之条约，各国无强迫我履行断送之能力。从此发愤图强，必可雪耻于异日。"

171. 北京大学，《每周评论》通讯处。(时间同上。)

陈独秀写文："巴黎和会，各国都重在本国的权利，什么'公理'，什么'威尔逊大总统十四条宣言'都成了一文不值的空话，非全世界的人民都起来直接解决不可。所谓直接解决，就是人民对于社会国家的黑暗，由人民直接行动，不诉诸法律，不利用特殊势力，不依赖代表……”

172. 北京大学，法科礼堂。（时间同上。）

夜晚，十几个大学的学生代表开会。

《京报》主笔邵飘萍（35岁）说：“现在，我中华民族命运系于一发，如果我们缄默等待，民族就无从挽救而只有沦亡了。北大是最高学府，应当挺身而出，把各校同学发动起来，救亡图存，奋起抗议！”

北京高等师范学校附属中学学生赵世炎（18岁）说：“日本人强占我们的青岛，欧美人同意他们强占，徐世昌、段祺瑞不敢力争，我们为了救国，必须起来反对，不能再埋头读书了。”

北京大学学生谢绍敏撕下一块长袍，咬破手指，写血字：“还我青岛。”

北京大学学生廖书仓宣布：“代表会决议，北京十六所中等以上学校学生，明天一致上街游行。”

下集

1. 巴黎和会会场，1919年5月4日。

顾维钧、王正廷来向克列孟梭、劳合·乔治、威尔逊递交《中国代表团对三国会议之正式抗议书》：“山东问题，关乎四万万人民未来之幸福，而远东之和平与利益皆系于是也，中国代表以为，三国会议对山东问题的解决办法，提出正式抗议，乃其职责也”。

2. 天安门广场。（时间同上。）

上午10时，俄文专科学校学生瞿秋白（20岁）、铁路管理学校学生郑振铎（22岁）等齐聚，打着各种旗子。

留法预备班驻长辛店铁路工厂学生何长工（19岁）等骑毛驴赶来，毛驴存于车马店，加入即将游行队伍。

3. 北京，国立女子高等师范学校。（时间同上。）

校长方还命令校工："锁住大门，一个学生不准放出去！"

学生钱中慧、吴学恒、陶斌、赵翠兰等商议："出不去，怎么办？""看看，从哪爬出去。"

4. 北京大学校门口。（时间同上。）

蔡元培劝学生们："示威游行并不能扭转时局，北大因提倡学术自由，为守旧人物和政府所厌恶，现在同学们再出去游行，如果闹出事来，予人口实，北大将更受摧残了，同学们有什么要求，我可以代为向政府提出来。"

北京大学学生张国焘："示威游行势在必行，校长事先并不知道，现在不必再管，请回办公室吧。"

教育部次长袁希涛："学生就是好好读书，国家大事可以交政府去办。"

邓中夏："交政府去办？政府会办什么？政府就会卖国！你身为教育部次长，自己不爱国，还不准学生爱国，你是中国人吗？

大队学生出校，打着各种旗子。

北京大学学生郭钦光（20岁）咳着随行，有同学劝他："你有病，就别去了。"

郭钦光："要去。"

5. 天安门广场。（时间同上。）

中午，几千学生向市民们散传单、演讲。

许德珩："我最亲最爱最敬佩最有血性之同胞，我等所希望所庆祝者，岂不为世界上有正义、有人道、有公理。归还青岛，取消中日密约，以及其他不平等条约。公理也，正义也。将我之土地由五国共管，侪我于战败国之列，非公理、非正义、逞强权也。我同胞处此大地，有此山河，岂能目睹强暴之徒欺凌我、压迫我、奴役我，而不作万死一生之呼救？至有甘心卖国、肆意通奸者，则最后之对付手枪炸弹是赖矣！"

罗家伦："同胞们，山东大势一去，就是破坏中国的领土！中国的领土破坏，中国就亡了！所以我们学界今天排队到各公使馆去，要求各国出来主持公道。务望全国农工商各界，一律起来，设法召开国民大会，外争国权，内惩国贼，中国的土地可以被征服，而不可以断送，中国的人民可以被杀戮，而不可以低头！国亡了，同胞们起来呀！"

学生和市民队伍潮水般涌向东交民巷，沿途高呼口号："还我青岛！收回山东权利！拒绝和约签字！废除二十一条！抑制日货！严惩卖国贼曹汝霖、章宗祥、陆宗舆！宁为玉碎，不为瓦全！"

北京步军统领李长泰和北京警察总监吴炳湘率部下挡住学生。

李长泰："有话尽管对我说，不必如此招摇。"

学生们喊："我们不信任当官的。"

傅斯年："我们今天到公使馆，不过是表现我们爱国的意思，一切行动要谨慎，老前辈可以放心。"

李长泰："那么，任凭你们去吧，可是，千万别弄出国际交涉来。”

6. 总统府。(时间同上。)

徐世昌与国务总理钱能训宴请章宗祥、曹汝霖、陆宗舆。

徐世昌:“今天是为章公使归国洗尘,你为国府向日本取得借款,劳苦功高。”

这时,总统府秘书走来,向徐世昌报告:“大总统,吴总监刚刚打来电话,说有大批学生游行,指斥巴黎和会失败,攻击曹总长、陆总裁、章公使。”

徐世昌向钱能训说:“通知吴总监,妥速解散,不许游行。”向曹、陆、章说:“三位暂留公府,不要回家。”

曹:“怕什么!”

7. 东交民巷。(时间同上。)

下午2时,游行学生来到。

公使团巡捕挡住学生:“根据1901年条约规定,使馆区内中国人不得出入。”

北京大学学生段锡朋:“我们是来向各国公使递交说帖的。”

巡捕:“你们可以派出代表来见。”

学生们愤慨:“国犹未亡,自家土地已不许我通行,果至亡后,屈辱痛苦,又将何如?”

段锡明、罗家伦、傅斯年、许德珩等八名学生见美国驻华使馆代办,交说帖:“1915年5月7日《二十一条》中日协约,乃日本乘大战之际,以武力胁迫我政府签订,吾国民誓不承认。德国在山东一切利益,乃德国以暴力夺去,而吾人所日思取还者,具以对德宣战故,断不承认日本或其他任何国家继承之，如不直接交还中国，则东亚和平与世界永久和平，均不能得确实之保证。”“吾人念贵国与我中国素敦睦谊，为此直率陈词，请求贵公使转达此意，于贵国政府，于和平会议予吾中国以同情之援助。”

美国使馆代办接受说帖：“诸君爱国热忱当尽情转陈于敝国公使，此意即能转达外交使团。”

段等高呼：“大美国万岁！”“威尔逊大总统万岁！”“大中国万岁！”“世界各国友好万岁！”

学生们群呼：“我们到外交部去！” “我们找卖国贼算账去！”

傅斯年劝说：“要冷静啊！”

8. 北京，赵家楼。(时间同上。)

下午4时，曹汝霖、章宗祥、陆军部航空司长丁江原、日本记者中江丑吉刚坐汽车回来。

学生们高呼着口号来到大门前：“这就是曹汝霖家！”“曹汝霖滚出来！”

一队警察封堵大门口。

许德珩：“我们是爱国学生，来这里是找曹总长谈谈国事，交换意见，要他爱中国。我们手无寸铁，你们也是中国人，难道你们不爱中国吗？”

警察让开道，但曹家大门紧闭。

北京高级工程学校学生匡互生、北京大学学生罗章龙等从窗户爬进去，与院中警察李昌言等扭打。

匡互生等叫：“我们是爱国学生，来找卖国贼算账，中国已到危亡关头，你们竟不知道！”

警察们放手。

匡互生等打开曹家大门，许德珩、邓中夏、高君宇、瞿秋白等蜂拥而入。

曹汝霖躲进小厢房，章宗祥躲进锅炉房。

学生们围住曹父，斥责："你养了一个甘心当卖国贼的儿子，不惭愧吗？我们找曹汝霖算账，不愿与你为难，你快走开吧！"随即把半身不遂的曹父和曹汝霖的小老婆拖出院去。

曹汝霖从后门逃到一家杂货店内。

学生们搜查曹宅，章宗祥从锅炉房逃跑，被学生发现，追打。有学生说："这不是曹汝霖，这是章宗祥，打！打！"

中江丑吉跑过来掩护章宗祥，也被打。

有学生喊："别把人打死，打死就不好办了！"

丁江源被学生追打着跑出大门，问警察："学生打人，你们怎么不管"？

警察："李统领，吴总监有命令，要我们文明执法。"

丁江原："我找李统领、吴总监去。"

学生们看曹宅处处豪华，气愤地说："这都是曹贼卖国得来的。"

匡互生忽然拿出火柴，点着屋内纱帘，顿时火起。

段锡朋叫匡互生："这事你要负责，我不能负责。"

匡互生："谁要你负责，你也负不起这个责。"

学生们都走到街上，陆续撤离。

李长泰、吴炳湘率大队警察赶来，逮捕许德珩、易克嶷等 32 人。

郭钦光在被警察追打时呕血而出，由同学搀扶而去。

吴炳湘派车送曹汝霖一家到团城，送章宗祥进医院。

9. 北京步军统领衙门监狱。（时间同上。）

夜晚，许德珩等 32 人被同拘在一间大牢房里。

10. 步军统领衙门大门口。（时间同上。）

北京国立女子高等师范学校全体学生来到，同门岗吵闹：“卖国有罪，爱国无罪，快把学生们放出来！”“如果爱国有罪，就把我们都抓进去吧。”

11. 北京大学法科学堂。（时间同上。）

蔡元培会见游行归来的学生。

段锡朋：“我们学生会决议，明天一律罢课，直到被捕同学回校，卖国贼严惩为止。”

蔡元培：“你们今天所做的事我全知道了，我寄以相当的同情，我是一校之长，自当尽营救被捕学生之责，关于善后事宜也由我来办，只希望你们听我一劝，明天照常上课。”

学生：“各校学生既痛外交之失败，复愤同学之被逮，又有何心思研究学问？青岛问题当以死力争。被捕学生急需营救，只有全体奔走，学虽到宝，势难兼顾。”

国会代表符定一：“社会对于此次学界举动深表同情，即鄙人亦甚赞同，以后进行，愿效犬马之劳。”有学生举的旗帜上写：“寸土寸地皆当死守，一草一木不可轻弃。”

清华学生代表：“昨日事出仓促，清华僻处西郊，未及进城，但今已全校决议与各校取一致行动。”

罗家伦：“本人与商界接洽，商界对学界举动表示同情，明日将开紧急大会商议对待办法。”

警官学校学生展出一血书条幅："杀卖国贼。"

12. 北京，团城，曹汝霖住所，5月5日。

曹汝霖写《呈为信望未孚，责难交集，恳请罢斥以谢天下事》："汝霖本月四日上午，奉派公宴，午后二时半回抵东城赵家楼私宅，突见学生千余人，破门逾墙而进，遇物既毁，逢人肆殴，汝霖生父就养京寓，半身不遂，亦被殴击，旋即纵火焚屋，此汝霖因公被祸，及章公使同时殴辱之实情也。"

13. 总统府。(时间同上。)

徐世昌审阅曹汝霖辞呈后，叫秘书拟令："呈悉。述历办外交财政交通各情形，该总长从政有年，体国公诚，为本大总统所深识，流言诋毁，致酿事端……该总长因公受累，实疚于怀，业经明令将当场逮捕滋事人等分别惩办，时艰孔亟，倚畀方殷，务以国家为重，照常供职，共济艰难。""令二，本月四日，北京大学等校学生，纠合集会，纵火伤人一案，方事之始，曾传令京师警察厅，调派警队，妥为防护，该总监事前调度失宜，所派警员防范无方，有负职守。该总监职责所在，务当督帅所属，切实防弥，以保公安，倘再有借名纠众，扰乱秩序，不服弹压者，著既依法逮捕惩办，勿再疏驰。"

14. 广州，非常国会。(时间同上。)

林森宣读通电；"卖国贼曹、章、陆甘为外人鹰犬，罪状昭著，天人共愤，京中学生，怵于国亡之惨，目击国贼横行，奋不顾身，义勇勃发，焚毁曹宅，痛击章獠，有国以来，无此痛快，乃北廷不思卖国奸党，人尽可诛，反拘禁学生，国人闻之，不胜诧异，特开两院联席会，一致决议通电各省要求，北廷既释学生，维持各校现状，严惩国贼曹、章、陆，以谢天下，为人间留正气，为国家扫妖氛。”

广东省议员陈家桂：“此次肇事之源，各学生确与曹、章、陆等向无私怨，因恐外交失败，作一当头棒喝，纯系爱国热诚，我国人民保障之不暇，何可再事摧残。”

15. 上海，静安寺街，孙中山寓所。(时间同上。)

孙中山拟《护法军政府七总裁致徐执事电》：“青年学生，以单纯爱国之诚，逞一时血气之勇，虽举动略愈常轨，情有可原。执事洞察因果，识别善恶，宜为平情之处置，庶服天下之人心。”

16. 上海，复旦大学。(时间同上。)

复旦大学教授《民国日报》主编邵力子会见学生：“我们学校里的同学对国家大事比较关心，现在北京的同学正有这种壮烈的举动，我相信各位同学必有所表示以响应。”

复旦大学学生会主席何葆仁：“我们今天就发公电，山东问题外交失败，噩耗传来，举国震骇，吾民当勠力同心，为政府后援，争到最后一日，北京学生激于公愤，发生示威运动，凡我国民，咸表同情，若政府弃掷民意，滥肆权威，则吾人誓当前仆后继，以昭正义，想政府亦不能尽戮全国学子。”

17. 北京，国务院。(时间同上。)

钱能训召开国务会议：“学生愈闹愈厉，军警戒严，京津商民以为大乱在即，遂往各银行挤兑现款，金融界因此受影响。”

段芝贵："我的意思是解散北京大学，把各官立大学校长一律撤换。"

袁希涛："应明令各大学学生不得校方准许不能出校，就是星期天也不能出校。"

教育总长傅增湘："学生行动，尚没有过于激烈的地方，若是一味地捉拿，越捉越多，恐怕要惹出别省的反响，不如拿平和方法对待为是。"

钱能训："对待学生既不取极端严厉主义，也不取极端放任主义，第一步先从叫学生上课着手。"

18. 北京大学校长室。(时间同上。)

蔡元培邀北京师范大学校长陈宝泉、北京医科大学校长汤尔和等开会："学生之行动为团体行动，既学校之行动，只可归罪于校长，不得罪及学生，应先要求释放学生，而后各校长自行辞职，听候处分。"

陈宝泉："明日我们同往警察厅要求放人，如警厅不见，则往教育部，教育部不见，则往总统府。"

汤尔和："外面盛传章宗祥因伤已死于日华同仁医院。"

蔡元培："但愿此消息不确，交涉较易办也。"

19. 北京警察厅，5月6日。

林长民等向吴炳湘递保释书："本月四日，北京各校学生，为外交问题，奔走呼号，聚众之下，致酿事变，当日喧扰场中，学生被捕32人，未必既为肇事之人，我等恳求交保释放，以后如需审问，即由我等担保到案不误，群情激动，事变更不可知，为此迫切直陈，即乞准保。"

北京总商会会长安迪生等同上保释书。

蔡元培等各校长联名上保释书。章宗祥夫人也上保释书。

吴炳湘："是总统命令捕人，必待总统命令才能释放。"

蔡元培："如果今晚还不放学生，各校秩序都将难以维持。"

吴炳湘："只要学生取消大罢课，我愿陈请总统释放学生。"

蔡元培："总监有何保证？"

吴炳湘："如果复课而不放学生，吴某就是你们终生的儿子。"

20. 北京大学，法科礼堂。（时间同上。）

学生们讨论复课事："昨天才决议罢课，明天便要复课，办不到。"

罗家伦："任凭同学关在牢里也不成事，况且我们这次有放火及殴伤等重大情节。现在为减少被捕学生的危险，我们只有从权办理。"

21. 北京，法国医院。（时间同上。）

夜里。郭钦光弥留之际哭诉："国家濒危，政府尤以狮子搏兔之力，以压一线垂尽之民气，日本待我留学诸君之事，不图乃见于生斯之祖国，事可知矣。"遂病亡。

22. 北京大学，法科礼堂，5月7日。

北京各校学生为郭钦光举行追悼会，刚出狱的许德珩等来吊唁。有学生念郭钦光事略："君早失怙，中复丧兄，老母在堂，遗妇在室，雏儿在抱，伤心惨目，有非生人所忍闻。求仁得仁，君或无恨，然，国贼不死，山东不复，君之目终不瞑也。"

许德珩：“今日追悼郭君，实无异追悼我们自己。因郭君未了之事业，会凭我们继行其志。”

段锡朋：“郭君之死，由争青岛而死，故我们都敬仰他，才追悼他，现在一般人有一点误会，以为救国而荒废学业不值得。不知时有缓急，事有轻重，今日何时，尚有我们伏读寒窗的工夫么？吾人作事既经认定目标，就当拼命去做，现在朝鲜整日的拼命为什么？不过是要替天地间留一线正气，望同人本此牺牲，坚持到底。”

23. 长辛店铁路工厂。（时间同上。）

技师陶钟和对何长工等说：“过去我一直把你们当成毛孩子，你们竟敢上北京惹大总统，了不起。”

这时，副厂长刘家骥走来说：“你们这些人爱什么国呀，不好好读书，学技术，光会闹事，简直是害群劣马，再闹我开除你们。”

何长工对陶钟和说：“他是曹汝霖的女婿，和他的卖国岳父一个鼻孔出气。”

陶钟和等工人叫：“打！打这一对卖国翁婿。”

刘家骥慌忙溜之大吉。

工人们直追到刘家，向院中扔石头，点火烧房门。

刘妻跑出来叫：“工友们，学友们，我向大家赔罪。”

24. 上海外滩。（时间同上。）

江苏省教育会副会长黄炎培在国耻纪念会上宣读公电：“北京政府视爱国行动为煽惑，不啻代日本与国民宣战。共和国家，主权在民，安能任其压制，迫不得已，唯有全国一致，停纳租税，为最后之对付，国家存亡，在此一举。”

何葆仁等率学生游行，高呼口号：“力争青岛！共诛国贼！废除密约！保我主权！”

法国巡捕阻路，何葆仁对黄炎培说：“租界区既不能通过，可否分队各自游行。”

分队会，黄炎培率一路到洋泾浜，英国巡捕指挥中国雇员夺取旗帜。

有中国雇员说：“我山东人也，爱国岂甘落后。唯今日限于租界，迫于上命，不得已耳。”

何葆仁率一路到靶子路，见南方政府和谈代表唐绍仪和北方政府和谈代表朱启钤。

唐绍仪：“诸君今日来此，予甚表欢迎。”

何葆仁：“学生此来，有两个请求，一为北京学生被捕事，一为巴黎和会签字事。”

唐绍仪：“被捕学生闻已释放，签字事予已去电力争。今日游行秩序甚佳，唯旗帜上有诛字杀字，含有法外行为，而商会昨日又无所表示，殊为减色。”

25. 长沙。(时间同上。)

多校学生戴白帽，穿白衣，举写有“勿忘国耻”白旗，上街游行。

26. 东京，葵桥电车站小公园。(时间同上。)

中国留学生彭湃（23 岁）、田汉（21 岁）等开会，决议：“为今之计，（一）速电政府，撤回专使，断然宣布退出和会；（二）要求政府惩办亲日要犯段祺瑞、徐树铮、曹汝霖、陆宗舆，以谢天下；（三）全国国民与日人一律断绝交涉，必俟其悔祸，归我主权，然后与之往来。”

他们到英国驻日本使馆递请愿书，英国驻日代理公使："诸君奔走国事，热忱毅力，深感钦佩，余当报告敝国政府及巴黎代表。唯诸君往各国使馆，可举代表，人数过多，恐日警横加暴力，徒增诸君痛苦，尚望珍重。"

他们到旧俄驻日本使馆递请愿书，旧俄驻日公使："俄乱方张，和平会议亦无代表出席，对于诸君举动，本使力不从心。"

他们到中国驻日本使馆时呼口号："摧毁军国主义！维护永久和平！取消《二十一条》！直接收回青岛！"

日本警察突然大批出现，驱散游行，打伤彭湃等百余人，逮捕39人。

有日本市民嘲骂中国留学生："豚尾奴！""亡国奴！"

中国留学生杜中护手里国旗不放，被警察打昏。中国留学生吴英见国旗被踏，叫："此'中华民国'国旗，不可轻辱！"

警察轻蔑道："什么'中华民国'！"

有中国留学生问警察："警事厅以何罪名，而成此大狱？"

警察说："此非吾人之咎，乃承贵国使馆之请。"

27. 北京，美国驻华使馆，5月8日。

美国驻华公使芮恩施发电："由于巴黎和会对山东问题处置引起愤慨，北京发生骚乱。"

28. 北京，总统府。(时间同上。)

徐世昌召见傅增湘等，训令："学校之设，所以培养人才，为国家异日之用。在校各生，方在青年，绩性未定，自应专心学业，岂宜干涉政治，扰及治安，所有四日当场逮捕滋事之人，送法庭依法处理，京师为首善之区，各校学风亟应力求整饬。”

傅增湘：“北京各大学校长纷纷请辞，卑职难办，亦准辞职。”

徐世昌：“此事容后再议。”

29. 北京总商会。(时间同上。)

安迪生在商董会议上宣布：“（一）应请各行速开会议，宣告各商号，一律停运日货，私运者议罚；（二）不用日本银行钞票；（三）不阅日本报纸，不登日商广告。”

30. 上海，全国报界联合会。(时间同上。)

报人决议：“以劝告形式，通告全国报界，在山东问题未圆满解决以前，对于日商广告一律拒登，以表示我同业爱国热诚。事关国民公意，务望坚决实行。”

31. 上海，山东会馆。(时间同上。)

旅沪山东人丁佛言在同乡会上说：“吾国民须共同负责，督责政府以图救国。”

旅沪山东人张瑞萱：“吾人须自今日始，无论经济上、形式上皆与日本完全断绝关系，且须持久，勿蹈以前五分钟热度之故辙。”

32. 山西省，太原。(时间同上。)

有市民在仁丹广告上写字：“此系日本小鬼的东西，它要亡我的国，我还买他的货？”

33. 安徽省，芜湖。(时间同上。)

有市民铲除街头日商广告，日本商民阻拦，双方发生激烈冲突。

34. 长沙，督军府，5月9日。

湖南督军张敬尧召集长沙各校校长训话："省镇各校学生不得听信谣言，假借青岛问题，引起纠纷，如鼓动风潮，恐遭外人诘责。"

校长："学生举动实激于爱国热忱，倘政府不谅其苦衷，学校将全体动摇。""请通饬警察，对于各校外出演讲之学生，随时加以保护，以防意外。""维持教育现状，在于请省长速发巨款，以免倒闭。"

张敬尧："此事容后再议。"

35. 上海总商会。(时间同上。)

上海总商会会长朱葆三发公电："北京分呈大总统国务院外交部农商部钧鉴：……欧战开端，日本云：若青岛为我所占，待欧战平定，交还清国，此言也，全球皆知，岂能变更。……为此电请钧座，坚持欧战平定交还清国一语，……由中国派员与日本直接交涉。……"

36. 江西省，南昌，5月10日。

南昌总商会会长龚十材宣布："青岛交涉，关系国命。适间学生游行团来此请愿，举动文明，令人可感。我商人应共体同仇敌忾之决心，以不贩卖日货为唯一抵制办法，吾人务须文明对付，不必言明抵制，免生它项交涉。"

37. 北京，教育部。(时间同上。)

蔡元培去职离京，北京各大学学生代表求见傅增湘："北京大学校长蔡先生辞职离京，群情惶惑，自十一日起，一律罢课待罪。"

傅增湘："蔡校长辞职离京，本部已发电并派员挽留，诸生务当照常上课。”

当晚，傅增湘也去职离京。

38. 武汉，中华大学，5月11日。

中华大学学生恽代英（24岁）拟《武汉中等以上学生致北京大总统暨国务院电》：“青岛得失，交涉胜负，国家主权，至为重要。国民四年交涉，吾国忍辱签字以待和会，再不得直，国亡种奴，万劫不复。请电专使，力争勿懈。北京学界四日之举，出于义愤，务恳略迹原心，宽大待遇，以壮民气，为外交后盾。生等四年之中不敢忘五月七日之耻，再受屈辱，宁死不甘，甚望尊重民意。”

39. 北京大学。(时间同上。)

北京大学教授梁漱溟写文：“我的意思很平常，我愿学生事件付诸法庭，检厅提起公诉，审厅审理判罪，学生遵判服罪。在道理上讲，打伤人是现行犯，是无可讳的，纵然曹、章罪大恶极，在罪名未成立时他们仍有自由。我们纵然是爱国急公的行为，也不能侵犯他们，纵是国民公众的举动，也不能横行，不管不顾，就是犯法也可以。”

40. 北京，京师检察厅。(时间同上。)

检察厅长传讯许德珩等32人：“曹宅伤人放火，是否你等率领所为?”

许德珩等：“不是。”

检察厅长：“是否有人主使?”

许德珩等：“各人具有良心，谁能主使?”

检察厅长又传讯李昌言等14名警察：“五月四日都有何人当场施暴?”

李昌言："当时学生多至千人，并未看清，事后也记不起了。"

16所学校代表递呈文："生等本不应干涉政治，然山东问题迫在眉睫，义愤所激，不能自已，至有五月四日之事。学生等诚无状，理应依法自行投案，静候处分。"

许德珩等32人递呈文："曹、章等卖国，罪不容诛。五月四日之事，乃为数千学生，万余商民之爱国天良所激发，论原因不得谓之犯罪，则结果安有所谓嫌疑？且使我国有法律可言，则凡居检察之职者，当不畏强暴，检察曹、章等卖国各罪，畏而不检国贼，偏传讯学生者何？……学生齐来候审，岂甘受此不平？盖一以卸校长保释之责任，一以避抗传不到之恶名。……今各校长联翩辞职，同学又自行检举，情事变迁，两种原因已不存在。嗣后钧厅如有再讯之必要，请合传16校学生，德珩等亦将尾随到厅，绝不再单独受非法之提讯也。"

全国和平联合会递呈文："此次学生及市民计三千余人，因外交失败，义愤填膺，迫而出于示威运动。全国之心理认为此举绝无犯罪意，当然适用不为罪之规定，贵厅为代表国家机关，应知国家以人民为要素，人民以卫国为天职，公理具在，万不能认此30余学生有犯罪行为。"

41. 济南。(时间同上。)

济南律师公会会长张恩纬等发公电："北京大总统国务院司法部钧鉴：外交失败，学生团激于义愤，法难卖国贼曹汝霖等，本无其他意思。因章宗祥指使悍仆兵丁恃势群殴，郭钦光、彭云峰等被殴伤重，学生团迫于正当防卫，致伤章贼。曹宅焚烧，原系曹贼自行放火，湮没卖国秘证，诬陷学生，借兴大狱，现郭钦光因伤致死，彭云峰因伤废疾。曹、章诸贼不唯卖国有据，而且唆公凶殴，逍遥法外，岂得谓平？万望迅令京师地检厅提起公诉，以正国法而顺舆情。”

42. 武汉。（时间同上。）

武汉总商会决议：“一、开国民大会，唤起国民。虽军警压迫，以本身牺牲亦所不恤；二、公函王督军谓彼系山东人，山东亡则祖庙祖墓随之，用以激发其天良；三、公电巴黎专使不许签字，如其签字回国，国民必以手枪对付；四、无形地抵制日货，酝酿业已成熟，一二日内将爆发。”

43. 南昌。（时间同上。）

南昌总商会通告：“青岛交涉，力争无效，凡属国民，同声愤懑。唯我商民，市尘逐利，既无政柄，又乏兵权。然天下兴亡，匹夫有责，皮之不存，毛将安附？在商言商，除劝告同人提倡国货，表示爱国之决心，抵制日货，牺牲贩运之利而外，实觉别无长策。……自爱既所以爱国，爱国既所以救亡。慎勿贪图小利，仅顾眼前；犹勿为虎作伥，引狼入室；弃祖宗而为奴隶，借寇兵而资盗粮。”

44. 南昌，葆灵书院。（时间同上。）

多校学生开爱国大会，豫章教会中学学生刘岱青：“中国人用中国货，本是应该的。但有人说中货不及日货好看，试问国家亡后，有什么好看不好看呢？”

45. 北京大学，5 月 12 日。

北京学生护鲁义勇队致徐总统书：“溯自甲午战后，日本挟其战胜之余威，以侵略政策加我中华，得寸进尺……中日亲善之声愈高，我国宗主之权愈削。……与其坐而待亡，何如及时图之。爰组织北京学生护鲁义勇队，以备抗御外侮之需，以尽学生等匹夫之责。为此恳乞我大总统俯允学生等于正课之外，加以军事上之训练，一旦国变，投笔从军，摧敌救国，永利赖之。”

46. 天津，河北公园。(时间同上。)

数万学生开北京殉国学生郭钦光追悼会，花圈挽联，重叠悬挂，间以“杀卖国贼，夺回青岛”等字样旗帜。军警戒备，但未敢干涉。

47. 上海总商会，5月13日。

上海商业公团联合会代表张让三责问总商会会董：“9日贵总会分呈大总统国务院外交部农商部电，不胜疑讶。本会已分呈大总统国务院外交部农商部，贵总会主张青岛问题与日本直接交涉，本公团极端否认。贵总会电何以违反民意，适如该国之愿?”

会董虞洽卿：“此电并未经商董通过，而措辞确有失当，应电商会更正或取消。”

会董邹静斋：“商会会长实已违背商会规则。”

会董周金箴：“为会员面子起见，自责电请仍由商会署名，不具个人名目。”

会董沈卓吾：“此电关系国家之大局，请诸公牺牲个人感情。”

会董曹慕管：“此电实由起稿人之错误，而会长确系失察，应请会长辞职，一面登报声明错误之原因，一面挽留，如此则公义私情双方并顾。”

沈卓吾："我提议，致电欧洲和会我国专使，不达到青岛直接归还中国及取消各种密约目的，请求专使速即退出和席。"

会董伍泳霞："另再通电各省商界，一律不用日货。"

曹慕管："对于退出和会一事应改为对于青岛及各种密约不达目的不签字。"

48. 上海，5月14日。

上海总商会发出公电："本会9日电，因各界舆论反对，自应取消，一致对外，以免分歧误会。另电欧会专使竭力争持，由欧会直接交还青岛，不能稍让。"

上海商业公团联合会发文："总商会更正电文，竟置取消密约于不顾，违反商民公意，莫此为甚，而致巴黎专使电，仅此'不能稍让'四字为主张，含混粉饰，离奇尤甚。本公团对于此项电文，事前并未一致，恐滋误会，特此宣言。"

当日，朱葆三引咎辞职。

49. 北京，总统府。(时间同上。)

徐世昌召集阁员会议，发通令：近年以来，民智日新，人知爱国，此为吾国文化增进之征，谁爱国，必遵守法律。……当前挽济艰危，端在持以镇静，稍涉纷扰，恐速沦胥。名为爱国，适以误国。自此通令之后，享内外各校学生，务各安心向学，毋得干预政治。其有不听训诫者，查明斥退。"

段芝贵："宁可十年不办学校，亦不能容此风潮。"

徐树铮："学生们再闹事，我就架起大炮把北大轰平了。"

50. 北京大学，5月19日。

北京学生会开会，发宣言："大总统5月14日两令，一则以军威警备学生，防公众集会，一则禁学生干政。凡公忠爱国之天良，一切不容表现。留日学生以国事被拘，政府则置之不理。今一朝而三失望，方寸乱矣。谨于5月19日起，一律罢课。……学生等深受教育，修养有素，凡所作为，皆循我智仁勇之国风，决不致自逸轨道，以遗我国史之羞也。"

这时，军警封锁校门，邓中夏、许德珩等揣宣言书跳墙逃出。

在北京大学图书馆馆长办公室，李大钊写《秘密外交与强盗世界》："我们反对欧洲分赃会议，并不是本着狭隘的爱国心，乃是反抗侵略主义，反抗强盗世界的强盗行为，常说和我们有同文同种情谊的日本人啊！你们把这块山东土地拼命拿在手中究竟于你们有什么好处？不过在人类社会上多造些罪恶，使你们中许多人渐失去了人性，只增长那残暴、狡诈、嫉妒、贪淫的性质，给日本民族多留些耻辱啊！结果更要巩固国内军阀、财阀的势力，来压制一般人民，永远不能翻身，这又何苦呢？我们的三大信誓是：改造强盗世界，不认秘密外交，实行民族自决。"

51. 青岛郊外。（时间同上。）

农民义勇队武装打击日本占领军。

52. 东北，延吉市郊。（时间同上。）

农民义勇队武装打击日本占领军。

53. 南京。（时间同上。）

南京总商会会长苏先宗："（一）自本日起，日货一概停进，违者认为公敌；（二）速提倡国货。"

54. 日本，大阪。（时间同上。）

天津商号驻大阪买办："现在所购日货，拟全数退货，卖主如不允退，即将全体返国。"

55. 浙江省，杭州。（时间同上。）

上万学生、市民在新市场齐烧自有日货，军警四周巡逻。

一脚踏车行老板说："日货是好，学生爱国不过五分钟热度。"

群众攻击此老板，军警将此老板押走。

56. 上海，孙中山寓所，5月20日。

孙中山写《建国方略》："古人说'知易行难'，我的学说是'知难行易'。从前中国百事都腐败的原因，是由于思想错了。自我的学说发明以后，中国人的思想便要大改革。拿我的学说去做事，无论什么事都可以做得到的。"

孙中山夫人宋庆龄（26岁）接待访客。

访客："中山先生对此次学潮持何态度？"

宋庆龄："中山先生同属国民一份子，对诸君爱国热忱极表同情，当尽能力为诸君后盾，尚望诸君再接再厉，唤醒国魂。"

访客："此次外交失败，凡有血气者，莫不奋起，乃我公噤不一语，令人百思不解，蜚语传来，谓我公与徐、段一鼻孔出气，然也，否也？"

宋庆龄："中山先生近日闭户著书，不问外事。"

57. 武汉，督军府，5月21日。

湖北督军王占元召集各校长训话："我国既无实力，何可言外交，何可享国际平等权利，只要不吃大亏，已属万幸。欧和会协约只得国会同意，即行签字。青岛日本人已愿交还，不过附带条件。外间不知办理外交之难，动起误会。今日学生游行，万一发生事故，牵扯外人交涉。除一面饬令警察厅防范劝导，不能不请各校长来此谈谈，务盼将此情形，转诫学生，切勿再生剧烈事端，致碍公安。”

督军府参谋长方日中：“山东交涉实未签字，尚有挽回余地。”

58. 北京。(时间同上。)

日本军队一个排，持枪游街示威，高呼：“青岛胜利!”经过市府衙门，守门卫兵向之行礼，日军傲然不睬。

小幡向外交部送函：“连日中国商学各界因山东问题，群起抵制日本，皆因《晨报》等载林长民君《告国人书》一节。对此荒唐之无政府主义主张及妨害邦交之恶言，不加取缔，是本公使所遗憾者。如果放任此风潮，不仅贵国内政扰乱，还怕惹起两国重大之事态。特此照会贵国政府慎重考虑，从速妥为办理。”

林长民发表《告日本人民书》：“日本主张条约之尊严，与国际信义。若云信义，然日本攻取青岛，当时即有交还吾国之宣言，并未附以条件也。民国四年交涉发生，从无条件交还，变为有条件矣，所谓信义者安在？……日本主张国际竞争，出于自卫。但自卫意义，应有定界。若以版图狭小之故，必攫取别人所有以自存，则世界小邦无数，非恃蚕食无以立国耶。君等自卫，我辈若何？愿吾亲爱之日本人，为吾设身处地而思之也。……苟有互助之诚，则骨肉自亲，无待君等之哓哓也。果有以恢复吾全国最大多数人民之情感，且予以可信者百年之计，自然之利，岂在今日所得之下。君等尤不能不权衡于得失之间也。迫切奉告，翘盼好音。”

59. 北京，国务院，5月22日。

钱能训召见京师步军统领王怀庆和吴炳湘：“近闻京师地方排日风潮愈演愈烈，竟有制成泥偶，指作日人，陈列街头，加以污辱。又有各学校所组演说团游行街市，指日本为敌国，日人为敌人。且闻安徽芜湖地方并有击毁日人商店，殴伤日人情事，万一京师亦有同一实例发生，殊非慎重邦交，维持治安之道，令步军统领衙门，警察厅密行稽查，依法办理。”

60. 北京街头。(时间同上。)

王怀庆、吴炳湘亲自指挥大批军警逮捕学生演说团成员，瞿秋白、高君宇均在被捕之列，二人皆咯血。

学生质问警察：“为何捕人？”

警察不由分说，将学生押走。

清华学生徐日哲（19岁）演讲：“山东是我们中华的土地，我们中华民族的人都是主人。人家来要我们的土地，我们主人不争，还靠谁呢？诸位都起来争，争不回来不停止，这就叫真爱国！”因忧劳过度晕倒，送清华医院后当日去世。

61. 广西，灵川县。(时间同上。)

北京大学校友周瑞琦遗书：“青岛乃圣人发祥之地，又用武必要之港。要塞一失，门户洞开，何以能国。我闻得诸君开会力争，决一死以作诸君之气。勉为一语，为诸君及国人告：此次勿再贻讥五分钟热心是幸。余不多言，瑞琦绝笔。”投水而死。

62. 上海。(时间同上。)

先施公司宣告:“国步艰难,风云日亟,敝公司等亦国民一分子,愿随诸君之后。即日决议,概将日货收来不卖。宁愿牺牲血本,以示与众共弃之决心。唯望爱国诸君,如有裨益商业,及振兴国货之高见,随时指教,共图商业之进步。”

63. 山东省,灵山县,5月23日。

中小学全体学生通电:“请军政府代表力争释学生,诛曹章,否则停议宣战,生等愿投笔从戎,杀国贼,伸义愤。”

64. 北京街头。(时间同上。)

市民们看《盖世报》载《近畿陆军第五师通电》:“前次北京诸爱国学生,击章贼之骨,焚曹贼之巢,军人等不胜欢跃钦佩。惜斯时未将该卖国贼等同时杀绝,以快天下。……但我辈军人,以服从为天职,虽抱有爱国热忱,未敢越轨妄动。且才疏学浅,殊少良策。唯仰各界速筹鸿谋,挽救各届,军人等以铁血为后值。我国同胞若不全国一致对外,图自存之法,恐韩国前辙,我国将蹈矣。……刻下诸国贼仍安居北京,虽经各界呼吁惩办,而政府置若罔闻。军人等心力相违,于急迫中思得一法,谨告全国同胞,每日早晚诚心向空祈祷上帝,速将国贼同伏冥诛。上帝俯察全国国民之诚祷,必有感应。务望四万万同胞切实遵行。”

一队警察闯入《盖世报》馆,逮捕主编潘智远:“国府已查明,所谓近畿陆军第五师通电,系他人假借该师名义冒发,该师不能负责。《盖世报》传播谣言,煽惑军人,鼓荡风潮,依法查封,主编潘智远依法逮捕问罪。”

军警在街头张贴布告："《进化杂志》《民生丛刊》《工人宝鉴》等印刷品，专以鼓吹社会革命、无政府、同盟罢工、共产等邪说为宗旨，妨害治安，败坏风俗，一律查禁。"

65. 武汉都军府。(时间同上。)

王占元下令："传知湖北驻防各师营；(一) 军人以服从为天职，不可受外界摇动，致干未便；(二) 集会演讲外交问题，取绝对干涉主义；(三) 凡属外界寄来之印刷邮件，有关政治外交者，一律检查没收；(四) 不准外出游行，更禁止军人与学生间集会行动。"

66. 济南。(时间同上。)

山东省立第一师范学校学生王尽美（21 岁)、山东省立第一中学学生邓恩铭（水族，19 岁）等发宣言："学生皆痛心沦胥，爰于五月二十三日起，全体罢课。专待大总统将外交问题决不签字作正式之表示。"

67. 江西省，九江。(时间同上。)

九江商会开商民大会，全体决议："(一) 请政府电训巴黎和会全权代表，务将青岛交还中国，取消一切不平等密约，万勿屈于强权，忍辱求全，终遭国祸。如公理莫伸，毅然拒接签字。并盼惩办无耻之徒，宽免学生，以安天下人心。(二) 各商号所存日货，自由平市清脱，顾全血本。(三) 以后绝不办日货。如有阳奉阴违，私运日货进口，查出每件罚银五十两不贷。(四) 决议不收日本各行钞票。(五) 警告同事，并互劝亲友，不坐日本轮船。(六) 国货亟应提倡。设有不齐全者，得函欧美各友爱之商人接济。(七) 务须平市，不得投机垄断，加价自残。凡我商人，不在形式激烈，贵在精神持久。各凭良心，尽我天职。”

68. 北京，总统府，5 月 24 日。

徐世昌召开阁僚会议，讨论和会签约问题。

众议院秘书长王印川：“与其签字而断送青岛，不如不签字之断送，它日尚可设法，故绝对主张不能签字。”

段祺瑞：“中国应始终依赖日本，而英美不足信赖，在巴黎和会，必须无隔阂地与日本保持协调一致的行动。不幸此意不为当局所采纳，全然执行相反的政策，伤害日本的感情。山东问题中国终将要失败。今后应迅速在合约上签字，山东问题直接和日本以和衷共济的精神进行商议。”

徐世昌：“巴黎和约，经深思熟虑，第一步自应力主保留，以资后图，如果保留实难办到，只能签字。签字后仍须国会议决，元首批准，尚不乏操纵余地。”

段祺瑞：“青岛问题，顾、王两专使争执直接交还，国家有力，未尝不是，然以英日现在的国力，我欲一笔抹杀得乎？欧约不签字，国际联盟不能加入，所得有利条件一切放弃。学生实借爱国以祸国也。”

69. 济南。（时间同上。）

城南关女子师范学校举行郭钦光追悼会，挽联写道：“大难未平，悲志士死多余痛，贼臣犹在，想同胞生有何荣。”“捐躯报国，杀身成仁。”

几百人莫不流泪痛哭，声明：“山东问题，万分危险。吾辈怯弱女子，别无救国之能力，唯有提倡家庭永久抵制日货，以为消极办法。”

70. 长沙，楚怡小学，5 月 25 日。

毛泽东、邓中夏、何叔衡等20多名师生开会。

邓中夏：“我们希望湖南学生实行总罢课，声援北京学生的爱国斗争。”

毛泽东：“学生求学，以卫国也，国之不存，学于何有？”

医科学生代表彭璜：“我们决定成立湖南学生联合会，作为发动罢课和统一各校学生行动的机关。”

何叔衡：“5月27日在省教育会举行成立大会。”

71. 福建省，福州，5月30日。

英华书院、青年会学校学生上街散发“勿买日货”“誓除国贼”等传单，被日本侨民追打，重伤者达七八名，其中一名有不能救治之势。

市民扭送打人凶犯到督军府，福建督军李厚基下令：“依据治外法权，日本人犯罪交由日本驻福州总领事裁判。”

72. 上海，公共体育馆，5月31日。

学、商、工各界举行郭钦光烈士追悼会。

许德珩：“郭君为国而死，目的有二：（一）取消中日密约，收回青岛；（二）惩办卖国贼。设我辈不能继烈士之志，烈士英灵必且追悼我辈。”

天津学生代表张阳先：“学生既能罢课以救国难，商界亦可罢市，工界亦可罢工，同来救国。国为全国人民之国，学生不过国民之一种，救国大事，断非学生之力可以独当。”

南京学生代表郎宝銮：“南京学生罢课，商界悬旗，表示不用日货，均被军警干涉。但予仍希望军警觉悟，同救国难。否则皮之不存，毛将焉附。军警虽欲作亡国军警不可得矣。”

追悼会后，何葆仁等同往上海县商会，向会长顾馨一递请求书：“国势危急，学生罢课已将一星期，略有补救，唯学生能力薄弱，敬希商界起而援助。”

顾馨一：“明日下午五时，本会当邀集各会董开紧急会议，请学界推举代表莅会，共同商议办法。”

学生们鼓掌欢呼而归。

73. 天津，省议会。(时间同上。)

直隶省议会长边洁清当众宣读曹汝霖罪状书：“查中华汇业银行，其股本半为日人，半为曹汝霖、陆宗舆、章宗祥者，凡曹经手之借款，莫不由该银行承揽，转向日本银行再借。其索政府利息年息八厘，归日人只四厘五厘之间。蠹国肥己，从中渔利。故现核曹之私产，至少有二千万之谱。谓非卖国，谁其信之？……将吾国一切权利奉承日人，伊亦不失为李完用之优待。……合恳政府首诛卖国贼曹汝霖。”

74. 北京，总统府，6月1日。

徐世昌发命令：“曹汝霖迭任外交财政，陆宗舆、章宗祥先后任驻日公使，各能尽维持补救之力，案牍俱在，无难复按。在国人不明真相，致滋误会，无足深责。唯值人心浮动，不逞之徒，易于煽惑，自应剀切宣示，俾释群疑。外交繁重，责在当局。政府于此中利害，熟思审处，较国人尤切。国人唯当持以镇静，勿事惊疑。……在校学生，唯当以殚精学业为唯一天职，若徒公开演说，嫉视外人，既损邻交，何裨国计。以爱国始，以祸国终。兹当以大义正告诸生，于学校则当守规程，于国家则当循法律。即日一律上课，毋得借端旷废，致荒本业。其联合会、义勇队等项名目，尤应切实查禁。纠众滋事，扰及公安者，仍依前令办理。政府于诸生期许至重，毋负谆谆告诫之意。”

75. 武汉，督军府。（时间同上。）

王占元召集湖北警务处长崔振魁等训话：“学生敢游行、演说，捉到即枪毙，拼着一个督军不做，一定要办到格杀勿论的地步。”

76. 武汉街头，阴雨中。（时间同上。）

恽代英当众演说：“贪得无厌的日本人，没有一天忘记了我这地大物博的‘中华民国’，他知道我们的同胞是没有人性的，是不知耻的，是只有五分钟爱国热情的，是不肯为国吃一丝一毫亏的，所以对于中国的土地，夺了台湾，又夺了大连、旅顺，现在又拼命地来夺青岛了。国一天不亡，我们一天不做奴隶，日本人总不满意。多看看报纸，亦晓得外埠的有人性的同胞，做些什么，好学个榜样。你若是怕为国家吃一丝一毫的亏，这可被日本人猜透了。咳！未必你是真无人性不知耻的国民吧?!”

这时，军警冲击，追打学生，中华大学学生李鸿儒愤而投江自杀。

77. 武汉，湖北省立高等师范学校大门口。（时间同上。）

军警堵住门口，不准学生出校，师范学生陈潭秋（23岁）、陈开泰等向外冲。军警用枪阻拦，刺伤十几个学生。陈开泰被刺伤双腿和小腹。

78. 上海县商会。（时间同上。）

何葆仁、许德珩会见顾馨一等，申明：“学界要求商会各董联络一致进行，未知意思与否？"

顾馨一："商界方面同具爱国之心。但事关重大，必须公众讨论，意见相同，方可表示。适值夏节，商界例来有清查账款之事，故今日到会者尚不足法定人数，拟再订期三号午后开全体大会，当场决议办法。"

何、许等称谢而别。

79. 武汉，省立高师，6月2日。

陈潭秋等发通电："外交失败，生等抛一掬热血，奔走呼号，警示国人，纯以爱国为主，并无越轨行事。不图六月一日，校外遍布军警，气势汹汹，阻止出入，生等不胜骇异，群集校门与之理论。该军士不唯置若罔闻，反而刺刀乱刺，陈开泰退避不及，身中数刀，立即晕倒，血流满地，生死未卜，其余受伤者十数人。该军士欲开枪射击，幸将二门紧闭，未合屠杀，举校痛哭，惨状难言。"

80. 武汉，督军府。(时间同上。)

王占元会见各校校长："某令饬警察在各校门口检查，是防止外来学生代表入校煽惑。高等师范有学生数十人，各持木棍、石块向警察痛击，警察无力抵御，遂邀同附近军队去劝解，因群生势甚汹涌，不得已用枪托搪抵，致有一人误触刺刀，伤及腿部，现已送医调治。"

校长："请督军释放被捕学生，撤去各校门前军警，如督军不能俯顺舆情，不徒学界之风潮不息，诚恐其他各界亦发生莫测之患。"

王占元指示方日中："告知七团，将捕去学生遣回。"

81. 武汉，医院。(时间同上。)

中华大学、高师等众多学生受伤住院。陈开泰伤重身亡。

82. 北京街头，6月3日。

王怀庆指挥大批军警抓捕演讲学生，两人夹一人，送入北京大学三院看守，并挂起“临时拘留所”牌子。

王怀庆大呼学生：“混蛋东西。”

学生反唇相讥：“何以高级军官，开口便骂，不知谁是混蛋。”

王怀庆下令士兵：“打！”

学生被打仍纵声道：“死尚不怕，打何足畏。但距吾来死前一分钟，必呼汝为东洋狗。此地为吾等大学，既非法庭，又非汝之衙门，尚非予死之地也。”

83. 北京，国务院。（时间同上。）

各校校长拜见钱能训：“学校为教育人才之地，非政府随意执法之地。今以军警包围学校，似非正当办法。尚祈迅撤军警，教育幸甚，国家幸甚。”

84. 上海县商会。（时间同上。）

何葆仁等再会顾馨一等：“上海各学校已罢课多日，政府置之不理，学生会出于不得已，要求贵会通知商界，一致行动。”

顾馨一：“商界以营业为根本，沪上为通商大埠，若果罢市，恐地方秩序有不安之势。而况一般苦力经营之人，将何以谋衣食，须谋可行办法，以免与地方治安有碍。若一味迫切，恐无人担此重任。”

这时，有会董提出：“天晚了，会不能开。”相继退出。

学生代表不满意而去。

85. 上海总商会。(时间同上。)

上海学生会干事舒志侠等求见会董沈仲礼等："学界恳请商界协同救国。"

沈仲礼："现在会长力求辞职，本会竭诚挽留不暇，须待会长问题解决，方能再言进行。"

86. 北京国立女子师范大学，6月4日。

方还威胁学生："该校如有罢课行为，即请家长等各自领回学生，校址归还政府，绝不为学生运动场所。"

钱中慧、吴学恒、陶斌、赵翠兰等众多学生毅然出校，往新华门，向总统府秘书陈子厚递请愿书："一、不能把学校当作监狱；二、不能以待土匪的方式对待高尚的学生；三、不能以军警干涉学生爱国行动，保障言论集会之自由。"

陈子厚："三日内政府当有明白表示。"

87. 上海，淞沪护军使衙门。(时间同上。)

淞沪护军使卢永祥发布告："自青岛问题发生，莘莘学子，本爱国之热诚，作文明之举动，其行虽激，其志可原。唯查近日风潮所荡，渐有越轨之行动。本使有保卫地方维持秩序之责，为此特申告诫。凡尔一切人等务为合法之行动，以期无害于治安。倘或假借名义，乘机构煽，以致扰乱公共安宁，妨害地方秩序，定即严拿首要，依法惩办，以儆效尤。本使言出法随，幸勿以身尝试。仰各善体此意，遵照毋违。"

88. 上海县商会。(时间同上。)

淞沪警察厅长徐国梁见顾馨一："奉淞沪护军使训令，

以集会结社须先报告官厅允许方可。查前日贵会开会时，因人众喧杂，秩序甚乱，今日应即停止会议，并劝各校学生代表勿得入会。”

顾馨一对何葆仁等说：“事已至此，本人只有呈请县知事，准予辞职，以卸责任。”

何葆仁：“商民不能于商会开会，于何处开会？况集会自由，载在民国约法，何以武力压迫停止？”

89. 天津，直隶省府衙门，6月5日。

直隶省长曹锐：“学生徒尚意会，激发事端，招友邦之责言，贻国家以巨患，是其本意爱国，而行动适成祸国。”

90. 天津，南开学校。（时间同上。）

周恩来、郭隆真、马骏、张太雷、南开学校学生于方舟（19岁）、北洋女子师范学生邓颖超（16岁）、北洋女师校友刘清扬（回族，24岁）等集会，宣誓：“誓保国土；誓挽国权；誓雪国耻；誓除国贼；誓共安危；誓同始终。”

91. 上海街头。（时间同上。）

城厢、英租界、美租界、闸北、浦东、吴淞等地商号纷纷关门，贴告示：“救国罢市，商学一致”“为救学生，牺牲私立”“万众一心，誓雪国耻”“本号坐守待毙”“文明抵制，切勿暴动”。上午11点，在曹家渡，日本内外棉纱厂三、四、五厂几千男女工人离厂，声言：“不替仇人做工！”下午1点，在陆家嘴，日华纱厂也停工。在杨树浦，上海纱厂停工。

在英租界静安寺街51号上海学联会址，学商工报各界开联席会。

何葆仁："此间工商界全体于本日起一律辍业，与学界一致行动。卖国贼存在一日，商学工界即辍业一日，誓不反顾。"

虞洽卿："此次商界罢市，虽激于义愤，而一切举动务求文明，勿酿意外。此次罢工纯粹为对内行为，对外概守敬礼与友谊。"

在上海租界工部局，总董皮尔斯指示万国商团司令特鲁曼、租界警务处总巡麦高云："凡在租界内成群结队一概不准。凡散发煽惑人心之传单及悬挂旗帜，一概禁止。如有违反本局公告者，严惩不贷。租界外不管，租界内日本人自应保护。"

92. 北京，总统府。(时间同上。)

钱能训向徐世昌报告："上海总商会、县商会、银行公会等几十个团体来电，学生罢课救国，不蒙体谅，激成罢市风潮，危险万状。请速放被拘学生，将曹、陆、章先行罢黜，以平公愤。否则再生不测，大局将不可收拾。不胜急切待命之至。"

徐世昌："警厅的人不能放，至于临时拘留所……"

93. 北京大学之院。(时间同上。)

夜晚，军警全部撤离。

94. 河南省，郑州，6月6日。

河南省立女子师范学校学生出校游行，到男校，呼吁罢课，赠红裙一件，上写："七尺男儿还不如柔弱女子吗？"

95. 上海街头，6月6日。

城厢内外各商号仍紧闭店门，门口贴"不除国贼不开门”字样。

日本内外棉纱厂七、八、九厂1.5万男女工人离厂。

在浦东，求新机器厂工人发出公函：“吾国外交失败，国势颠危，凡属国民，同深愤激！是以学界罢课，奔起呼号；商界罢市，哀求挽救。吾工界中人同此热血，同此天良，际此时期，奚忍坐视，故自今日始，全体罢工，与商学界一致行动。”他们在厂门口竖起一块巨大铁牌，上铸“勿忘国耻”四个大字。

在英、法租界，电车司机、售票员等纷纷罢工。

英商电车公司经理劝说：“日本欺负中国，我们也深为不平，只是限于条约，致使英、美政府爱莫能助。还请你们照常工作，免遭损失。”

工人：“痛惜国难，无心工作。”

英商经理：“诸位若肯上工，增加三倍薪金。”

工人：“我等爱国，虽饿肚亦不开工。”

徐国梁劝说商家：“尔等罢市，吃亏不少，本厅长查悉，实受他人唆使。今宜急早开市，免受损失。”

商家：“我们做事自有一定之理，凡事应受商会之指挥。”

徐国梁：“现在大局如此，岂有商会之可言。尔等若执迷不悟，本厅长禀明上司，将尔等一家一家封门。”命手下强开店门，弄坏门环等。但其走后，商家又关起门，贴告示：“盘点暂歇。”

徐国梁又劝工人们：“你们辛辛苦苦地做工，赚点血汗钱回来买米给一家老小吃，买衣给一家老小穿。如若停止工作，一家老小就不免要受饿受冻了。本厅长不忍看你们受人之愚，自寻苦恼，故劝你们及早上工。你们如不听劝导，在外滋生事端，是要究办的。再说同盟罢工是触犯法律的。你们这些工人都是安分良民，对于法律自然知道遵守，不用本厅长细说了。”

工人们默然不睬，徐国梁无趣走开。

在闸北，徐国梁指挥警察抓捕散发传单的学生：“若辈欲为第二次义和团，不以威力胁之，何可排纷解难耶！”亲自鞭打第一商业学校学生袁勤。又见杂货摊上，密插“徐国梁专制人民”字样，命警察逮捕摊贩。这下激起公愤，群起攻击一区二分所，一时瓦片石块乱飞，二分所门窗玻璃全被打碎。

徐国梁无处发泄，再打被捕学生并骂：“若非尔等捣乱，何致使我丢人？”

96. 上海总商会，6月7日。

卢永祥召集绅商学界开紧急会议：“鄙人亦国民一分子，爱国之诚，不让诸君。唯官守所系，有维持治安之责。今日特请诸君相助，劝导商家速即开市，学生即日上课。至于要求罢免曹、陆、章，诸君如果先行开市，政府必能办到。即本使亦可担保。”

虞洽卿：“店主们本来不想罢市，可是同情学生的店员要求实行。”

徐国梁：“学生混账，牵及商人。”

省教育会代表沈信卿：“教育会无一日不劝学生上课，若非惩办曹、陆、章，劝导决不生效力。鄙人亦曾做官，稍知官场体制。今日军使在前，厅长犹敢拍桌谩骂，自己不守秩序，何能责备于人？昨日厅长又发虎威，逮捕学生毒打。谁无子女，乃忍出此。嗣后尚望厅长稍改任意打骂之习惯，以重人命。”

徐国梁：“沈先生之言，略有误会。鄙人素性粗鲁，昨日确曾打一流氓。此人为理发匠，并非学生，亦非商人。君若不信，可令警察质证。本厅偶有拘留学生，其至各科，给予饮食。一面问明学校，随时送回。凡到过厅署学生，均称优待，诸公不难调查。鄙人做事皆具血性，有失礼仪。沈先生适然责备，鄙人不但不见怪，且极感佩。”

沈信卿：“倾听徐厅长辩白，深悉厅长为难，适才所述，本属传闻，容有失实，彼此皆为地方谋幸福，毫无偏见存乎其间。”遂与徐一笑归坐。

商界某君：“上海为中国商务中枢，全埠罢市，全国动摇，殊堪忧虑。但应请政府准免曹、陆、章，然后一律开市。若违民意，商界还有拟将国税一律停纳之最后对付办法。”

97. 上海街头。（时间同上。）

各商号门口加贴极长白纸条，大书：“总商会决议候大总统将国贼惩办，释放学生，再行开市。”并摘抄‘中华民国’现行新刑律，第三章外患罪：第一百零八条，受中国之命令委任与外国商议图利自己或他人或外人，故意决定不利中华民国之条约者，不问批准与否，皆是无期徒刑，或二等以上有期徒刑。第一百零九条：‘中华民国’人民意图使‘中华民国’领域属于外国，而与外国开始商议者，处以死刑、无期徒刑或一等有期徒刑。

浦东染织布厂布告："本厂批发所已停止营业，工场为贫苦女工生活之地，暂为准持。"

在沪宁、沪杭火车站，铁路工人开始罢工。

沪宁铁路总管克礼阿问工人："你们罢工为了什么?"

工人："工人也是国民，我们要求惩办卖国贼，不达目的绝不罢休。"

克礼阿："为维持交通，早晚车要各开一次。"

工人："只开一班四等车，以维持贫民之交通，不维持达官贵人之交通，货车一律停运。"

98. 南京，下关。(时间同上。)

下午，河海工程学校学生张闻天（19 岁）、金陵大学学生陈昌盛等游行演说:"维护国权，发扬民意，协力同心，死生以之。"

南京警察厅厅长王桂林指挥警察驱散学生队伍，出刺刀乱砍。

下关区警察署长王固磐派马队横冲直撞，学生坚持不散，王竟令开枪，抓捕学生。

学生受伤 20 多人，陈昌盛重伤身亡。一中学生因手持"改良政府"旗子被捕。

青年会持陈昌盛血衣到警察厅，整队呼喊："请警厅全数枪毙!"

王桂林不敢出屋，由下属解劝并放出被捕学生。

99. 江苏省镇江。(时间同上。)

各商号于门口高悬白旗，多书"牺牲私利""急救学生"

“共挽狂澜”“一致救国”字样。

商会发布告：“（一）本埠各商铺，除米、面、油、盐、水、煤及肩挑营生，工厂凡有关于平民食料外，一概停市；（二）共同停市后，各铺门首应各自备一种救国标志，以取一致；（三）停市系不得已之举，各妓女应行一律停止弹唱，以示哀痛；（四）典当业系为贫民救急之便，应免停市。”

100. 上海，海港码头，6月8日。

装卸工人罢工：“不达到惩办曹、陆、章的目的，誓不开工。”

船业巨商方淑柏：“如再不开工，你们就不能吃饭。”

工人怒打方淑柏，方狼狈逃走。

虞洽卿对海员说：“船务要紧，正装货的轮船可照常开出。”

海员：“谁说开出？打！打！”撕破虞的衣裳，将其吓跑。

101. 上海，中华邮政局。（时间同上。）

信差们商议罢工，一管理员说：“信差等激于义愤，拟与商界取一致行动，固属国民应当之天职，唯邮务一职，与他业不同，一经停止，全国消息不通。我京津等处学生所发电报已不能自由达到，现在与南方所通消息，全恃邮政。尚望留此交通，俾与各学生等传递消息，请为三思。”

信差：“先生所言极是，罢工之举取消。改由各人量力出资，购买纸张，刊发传单，以尽国民义务。”

102. 上海，淞沪警察厅。（时间同上。）

徐国梁对警员训话：“近来学生罢课，大家昼夜四班巡逻，辛苦得不得了，本厅长很过意不去。我们警察向来以保护人民生命财产、维持地方秩序为天职，望大家仍旧遵守我们的章程，服从长官的命令，不要听他人的煽动。在公时不要与路人闲谈，下公后自己休息休息，不要无故出门。若遇见学生成群结队，须尽力去解散他们，遇见他们拿着旗子、棍子的，就赶紧没收过来。如若他们不服从，就到本属报告官长，请示办法。总之要和平，不要激烈。他如果骂，我们假装听不见；他如果骗，我们不要受骗。他们的话要绝对不听，如果说出非法的言语，你们就立刻将他们拿住，送到署内自有办法。这几天大家格外辛苦，本厅长心中有数，决不会辜负你们的一番辛苦。”

103. 上海街头。(时间同上。)

学生游行，打着“惩办国贼，收回青岛”的旗子，高呼：“文明抵制，切勿暴动，此为国民最和平的运动!”

警察冲散队伍，抓捕多人。

学生向警察喊：“事本爱国，尔等固是身负责任者，同属国民，亦当有所愤慨，何忍相阻。”“军警们，万勿专听长官命令，忘却国民义务，速与学生等取一致态度。”

104. 上海，徐家汇，6 月 9 日。

某店单独开市，有人在其门口粘一纸条说：“你们雪耻救国全体罢市，本店金钱主义照常营业。徐家汇镇本号无心肝人公启。”

该店经理见纸条，异常羞愧，叫店员关门。

店员抱怨：“做这家店伙计，倒霉。”

105. 上海，学联会。(时间同上。)

工部局秘书见何葆仁等，递公函：“本局不准以上海公共租界为政治活动之中心。贵会近来行动，实有害治安。今特知照，如此种举动不停止，本局定于十日上午十时封闭静安寺路51号贵会之屋。”

何收公函后对许德珩等说：“我们迁到法租界霞飞路220号国民大会地址去。”

106. 上海街头。(时间同上。)

木业工人代表王兴发、铜业工人代表李明泉、纺织工人代表曹万盛、花厂女工代表黄阿妹等割指签发一份“中华工党宣言”：“吾国民受强权之压制，今日已达极点，外夺我土地，政府卖我人民，道行逆施，公理何在？……吾民诚将坐以待毙矣！……吾辈主张工人自动，各行工人组织各种小工团，然后联合成大工团。第一步举行工人游行示威运动，第二步举行工界大罢工，第三步牺牲吾辈数十万工人的赤血，与野蛮的强权战。”

英、美、法报论及罢工罢市罢学事：“此次举动，无论外人表示同情至若何地步，而迫令商店、工厂相率罢业，乃明明为侵犯租界法律之举。”“学生等碍及通商口岸中外人士营业及生活之便利，不啻断然请外国出而干涉。”“租界政权，究在工部局。其命令无论智愚，当俟日后再论，而今日必须服从。”“上海西人大都赞美华人肯为国事而牺牲。然所当牢记者在于不能自制一切而流入暴动者圈套。国民有爱国心，为人人所共称。然使五万十万乃至二十万劳动工人无所得食至于三四日之久，其为饥饿所迫，而爱国之情将受损害。工人无所觅食，势必暴动，劫掠而杀人。果尔，则外人限于情势，亦唯有用强力以压迫而已。今日之事，唯有放弃示威运动，毋成乱事。”

邵力子主编的《民国日报》发表社论：“我们自家的工厂如确有振兴国货之功效，非但不应罢工，并且还要加紧做工。……中国的工人还没有良好的组织，如大家罢工，那缺乏知识的不免有妨害秩序的举动。这是最可忧虑的，如有万不得已而罢工的，他们的生活应该由资本家维持，资本家更应该积极振兴工业，容纳空闲的工人，这是两得其利的事情。”

107. 上海，淞沪抚军使衙门。(时间同上。)

上海铜铁机器公所向卢永祥递公函：“查机器工匠于本埠关系甚巨，一旦罢工不可收拾。兹将利害条陈如下：一、机匠在自来水公司执业者，设或停止，全埠中西人士均受饥渴，人心难免恐慌；二、机匠在火车、电车执业者，设或停止，交通立时断绝，人心恐慌；三、机匠在自来水、电灯公司执业者，设或停业，则全城成黑暗世界，歹人必起抢劫。敝公所因众汹汹，势不可遏，力劝静候三日，如三日后仍未蒙政府明令，则该工匠等势必自由罢工，敝公所实难负责，务乞转电政府，速下明令，以顺舆情，而全大局。”

108. 天津总商会。(时间同上。)

马骏等学生会代表见天津总商会会长卞月廷等：“今日开会，承各界踊跃到会，足见爱国热诚，无任钦仰。然必须群策群力，坚持到底，始能达到所抱目的。本日开会最紧要者，有两种目的，一是要求商会罢市，请政府严惩国贼，以平民愤；二是保护各省爱国学生，不得妄加蹂躏，倘政府无办法，势不能开市上课。”

办公桌上电话铃响，天津总商会秘书长夏琴西接电话。

天津警察厅长杨以德打来电话：“琴西，你们可别罢市，如果要罢市，我就撤岗警，治安由你们负责。”

夏琴西：“这是大会通过的决议，谁也不能变更，再说国家都要亡了，有什么治安可言，你不用管了，治安由我们和学界派人负责。”

109. 济南，山东省总商会。（时间同上。）

商学界开会，讨论罢市。

山东省商会会长张子衡：“罢市有碍治安，影响生计，当局不允，恐有后患。”

一位小商人发言：“北京学生是因我们山东问题被捕的，上海各界人民为救援北京学生罢工、罢学、罢市，我们是山东人，难道我们自己就不关心山东吗？”

街头，军警威逼罢市商家：“奉长官命令，叫你们开门。”

店伙：“奉东家命令，叫我们闭门。”“你们也是国民一分子，何以不感亡国之惨呢？”

110. 武汉，中华大学。（时间同上。）

恽代英拟传单：“上海、宁波、南京、镇江、芜湖、厦门、汕头、杭州、南昌、汉口均已罢市了。罢市的好处如下：可以争回青岛，可以惩办卖国贼，可以取消亡国密约，可以救被捕学生，可以不为亡国奴，可以增高人格。武昌明日一律罢市。”

汉口码头，日本驻华舰队第七战队司令山岗少将率宇治、隅田、乌羽、伏见、嵯峨六艘军舰齐示威。

111. 上海，西福致里。（时间同上。）

名妓妙莲分发各妓院《敬告花界同胞书》："自外交失败，消息传来，首先由爱国学生发起惩警卖国奴，抵制日本货。没有几日，全国各界万众一心，下至小工车夫，亦不能与日人工作，唯我青楼一无举动。我本我的良心，想出几条办法，劝告花界同胞各本良心，尽我国民应尽之天职，一请花界同胞哀恳各界，一致救护被捕爱国学生，一请花界同胞不购日货。一请花界同胞不收日本纸币。一请花界同胞量力捐助国民大会及学生联合会经费。"

福州路230倚虹楼，名妓铁冰等发传单："我们花界，斯业虽贱，爱国则一，愿我同胞，抱定宗旨，坚持到底。国贼不除，学生不放，誓死不休。第一要紧切勿暴动。如遇日人，佯作不见，倘伊寻事，逆来顺受。青楼救国团泣告。"并在门口设学生饮茶休息处。

112. 北京大学，《每周评论》通讯处。(时间同上。)

陈独秀、李大钊等拟《北京市民宣言》："中国民族乃酷爱和平之民族，今虽备受内外不可忍受之压迫，仍本斯旨，对于政府提出最后最低之要求如下：一、对日外交，不抛弃山东省经济上之权利，并取消民国四年、七年两密约；二、免徐树铮、曹汝霖、陆宗舆、章宗祥、段芝贵、王怀庆六人官职，并驱逐出京；三、取消步军统领衙门及警备司令两机关；四、北京保安队由市民组织；五、市民需有绝对集会、言论自由权。倘政府不愿和平，不完全听从市民之希望，我等学生、商人、劳工、军人等唯有直接行动，以图根本的改造。"

宣言当夜印出。

113. 北京，中央公园，6月10日。

陈独秀、李大钊等悄悄散发《北京市民宣言》。

114. 上海，黄浦江西岸。（时间同上。）

所有码头轮船，一经进口停泊，即与已罢工工人取一致行动。

在破旧棚屋区，工人们纷纷表示："我们都是穷人，但我们绝对不要我们的国家变成朝鲜第二，那里的一片景象是惨不忍睹的，我们当前所进行的运动，乃是世界上一件最惊人的运动，这是一个全民的运动，不是任何武力所能压制得了的。""近闻北京派来奸细运动开市，假令成为事实，则置我工界于不顾。工界同人决议，即令商界答应开市，工界同胞绝不因此终止，势当再接再厉，继续罢工。"

115. 北京，总统府。（时间同上。）

上午，徐世昌收到许多电报，看卢永祥电："星星之火，可以燎原，失此不图，将成大乱，民心向背，即时局安危，可否准将三人一并免职，明令宣示，以表示政府委曲求全、顾念大局之意。又看张敬尧电："敬尧素来对曹、章无恶感，曹、章显达以来，把持政柄，有何成绩，却假公济私，阴逞诡计，而政府无责备之心，反以温慰藉。伏愿大总统明令斥免曹、章等，则群情自见消融，隐患从兹泯灭。"

徐世昌命秘书拟大总统令："交通总长曹汝霖呈请辞职，曹汝霖准免本职，此令。"

中午，徐世昌又收到华侨联合会电："本会迭接各处华侨来电，将有不承认北廷为政府表示，肯速惩办国贼，释放学生，以救危局。"

徐世昌又命秘书拟大总统令："币制局总裁陆宗舆因病一再呈请辞职，陆宗舆准免本职，此令。"

116. 北京，团城，曹汝霖临时住所。(时间同上。)

段祺瑞探望曹汝霖："没有辞职，而捏造辞职照准之令，天下尚有公论是非吗？公等为他冒大不韪，借成日债，这种举动，真可谓过河拆桥，以后还有何人肯替他出力？"

117. 山东省议会。(时间同上。)

张英麟等公决："商界罢市，学生罢课，吾等位列政界，当此时局，尚袖手旁观，扪心自思，能不愧死。今日决议，要求政府一惩办卖国贼曹陆章，并没收其财产，以偿外债；二拒绝合约签字，废除密约。若要求不达到完全目的，全体辞职。"

118. 天津。(时间同上。)

海河码头工人罢工，人力车夫罢工。

119. 北京，总统府。(时间同上。)

下午，徐世昌又收天津总商会电："万急，北京大总统国务院钧鉴，省长传达院电，仅准曹汝霖辞职，表示如此轻微，实不足以满公民愿望。……查栖息于津埠之劳动人民，不下数十万，已有不稳之象，倘再迁延不决，演成事实，其危厄之局，痛苦有过于罢市者。请急以明令并惩曹、章及保护学生，以谢天下，而救目前，北望都门，万恳即复电。"

120. 天津总商会。(时间同上。)

半夜三更，总统特派员曾毓秀和曹锐赶来，召集卞月廷等开会。

曾毓秀："本人带来大总统命令，罢免曹汝霖、陆宗舆、章宗祥本兼各职。"

曹锐:“曹、陆、章即已免职,诚请商户明日开市。”

卞月廷与同仁商议后说:“条件已达,明日开市。”

121. 天津总商会,6 月 11 日。

天刚亮,学生、市民万人围堵大门

马骏等代表见卞月廷等表白:“商会为什么公布开市?原案公决是惩办曹、陆、章而不是仅仅免职,对于保护爱国学生,也无通电明令,因此,绝不能开市。”

张会董:“马先生,你是贵处人?”

马骏:“我是吉林人。”

张会董:“莫怪马先生不知道罢市商家损失太大。”

马骏:“现在外交紧迫,国家将亡,哪能说到个人财产。我在天津虽无财产,但我有生命,情愿牺牲。”向明柱奔去要撞头,被夏琴西抱住。

卞月廷:“马先生不要急,我们赞成二次罢市,不达目的绝不罢休。”

122. 上海。(时间同上。)

英商电车工人相约:“卖国贼未治罪,拒签和约未明示,工不可开。”

铁路工人相约:“各界誓死力争者,岂为此区区三卖国贼耶?若卖国首领未诛,卖国条约未废,亡国之祸终难幸免。”

123. 浙江省,海宁县。(时间同上。)

当地乡民集会:“青岛问题,交涉失败,推原祸始,实由陆宗舆等密结条约,甘心卖国所致。义情愤激,公决以后不认陆宗舆为海宁人,以为卖国者戒。”

乡民刻石碑三块,直书“卖国贼陆宗舆”字样,立于庙头、海塘镇、陶塔下三处。

124. 北京总商会。（时间同上。）

安迪生："北京商人亦表同情于学生，唯罢市一事颇难办到；一，各商店多未在商会注册；二，商号之银东，官场为多，且有与曹、陆、章有关系者；三，在军警严重干涉之下，即欲罢市，恐亦参差不齐，反贻笑柄，不如以调人地位，援助学生，使达目的。"

有人指斥："北京总商会性质上无异官场，只能做到此地步也。"

125. 北京国会。（时间同上。）

众议员李继桢等提出《弹劾内阁案》："吾国参加协约国对德奥宣战，原欲于和会时平等列席，自由发言，张我国权，复我领土。不意仅一青岛问题，要求交还，尚不可得，其他可知矣。违法失职，辱国丧权，此现政府之国务员，不能辞其责任者也。"

徐世昌递引咎辞职书，参议长李盛铎、众议长王揖唐收下辞职书。

126. 北京，徐世昌私宅。（时间同上。）

李盛铎、王揖唐登门退还辞职书："各方一致慰留，请取消辞意。"徐世昌收回辞职书。

127. 上海求新机器厂。（时间同上。）

工人们致电徐世昌："吾国人反对签字，即赞成公去职，望勿误国。"

128. 北京，总统府。（时间同上。）

钱能训向徐世昌递内阁总辞职书。

徐世昌："准总理兼内务总长离职，其余阁员留任，命财政总长龚心湛代理国务总理。"

龚心湛："心湛迫于主座重委，辞不获已，暂时到院维持，务希公推贤能继任。"

129. 北京，新世界游乐场。(时间同上。)

夜晚，陈独秀登高处散发《北京市民宣言》，被便衣警探抓住。

陈独秀大叫："暗无天日，竟敢无故捕人！"

130. 北京警察厅，6月12日。

李大钊、胡适等联名向吴炳湘递保释书："陈独秀夙负学界公望，言论思想皆见称于国内外，此次被捕，恐激起全国学界再起波澜，当此学潮紧急时刻，殊非息事宁人之计。"

吴炳湘："此次学潮实发难于北京大学，而北京大学从前于外交内政几乎毫不过问，如民四之《二十一条》，当时北京大学绝无表示。现在忽有此项极坚烈之行动，皆系蔡元培、陈独秀鼓吹新思想之所致。"

131. 上海，孙中山寓所。(时间同上。)

132. 孙中山约见徐世昌私人代表许世英："你们抓陈独秀，做了好事，很足以使国人相信，我反对你们是不错的，你们也不敢把他杀死，死了一个，就会增加五十、一百个，你们尽管做吧！"

许世英："不该、不该，我就发电报回去。"

133. 上海，公共租界区。(时间同上。)

学生、市民举行庆祝游行，敲锣打鼓欢叫："祝贺民意胜利！”“国贼已除，目的已达，欢迎商界开市，必定利市三倍！”“民国万岁，国民万岁！”

许多店铺放鞭炮开门。

晚上9时，一队人走到山东路金隆街，租界骑巡队官洛克带六个印度骑巡挡住：“不准游行，退回去。”

游行领头人与同伴商议后说：“不，我们不退。”洛克：“假使你们不回去，我把你们赶回去。”骑巡打马强行驱散他们。

街边楼上人从阳台上及窗口向骑巡投掷桌子、竹竿、石头、煤油炉等，一名骑巡被打下马。租界督察长万享赶来，从第1446号华捕手中拿过马枪，笔直地朝游行队开了三枪。

洛克：“我能开枪吗，先生？”

万享：“可以，当然可以。”

洛克开了七枪。

143号巡官罗伯生抓捕游行人，头部受重击。

游行队伍中，店员黄尚盛、陶器店老板杨阿盛、小贩汪查贵等受划伤，铜匠姚大黄、店员莫贵方、小贩陆清书受弹伤，鞋匠周桂生（27岁）被子弹击中头部死亡。

英国路透社中国南部分社经理考斯在次日凌晨3时发出电报：“万享见外籍巡官受伤出血，感到暴徒非常猖獗，便开了三枪，当洛克鸣枪时，暴徒都向法租界逃去，死一华人，伤七人，自行就医。……《大陆报》对此事件中因自卫开枪杀人感到不满，也许让中国人吹牛皮总比因游行而导致暴行事要好得多。”

134. 长沙，楚怡小学，6月13日。

毛泽东、何叔衡、彭璜等看门前告示《张督军兼省长告诫学生训令》：“现值匪气未尽，本兼省长为维持治安，预防祸患起见，重申，倘有听信浮言，固执己见，荒废学业，游行街市，定当遵照命令严加制止，勿谓言之不预也。”又见《通令》：“各校提前考试、放假。”

毛泽东对彭璜等学生会员说：“既已罢课，就绝不受试，提前放假，亦不能阻碍救国。”

135. 天津商会。(时间同上。)

卞月廷向商学代表宣读国务院通电：“此次，学生激于爱国热诚不得已而有罢课请愿之举，固为国人所共谅。现在政府开诚披示，准按舆情，以维大局，兹后各学生应安心向学，恪守学规，但使行动不越范围，国家注重教育，自当加意保护。”

会董议论：“罢市目的已达，可以开市了。”“卖国贼未惩办，不能开市。”

夏琴西：“现在应做的爱国事情很多，如抵制日货，提倡国货等，若因罢市问题拖累，则得不偿失，曹、章、陆卖国罪行已为国人公认，其人格堕落已达万劫不复地步，至于组织特别法庭公审三人，恐将旷日持久，可作为悬案待决。”

学生代表谌志笃：“如果政府对于学生有非法举动，各界当为学生之后援。”

卞月廷：“不但为后援，仍可演成罢市，不纳捐税等事。”

136. 济南，普利门外青年会，6月14日。

千余工人开大会，决议：“一、凡为日本工厂做工者，当完全罢工；二、不充当日本人仆役；三、不买日本货。”

137. 南昌，某商店。（时间同上。）

同文书院学生方志敏（21 岁）率学生会稽查员搜缴日货。

方志敏对店主说：“做生意的人要爱国，经营国货，你就每样日货拿一点出来，由我们去销毁，作为警戒，其余的收起来，不要卖了。”

店主：“那不行，这些东西都是我花本钱买来的。”

一名学生激愤，砸毁日货，店主跑出去叫警察：“学生把我的店铺砸了。”

警察跑来看，砸的都是日货，对店主说：“你这个奸商，现在全国都在抵制日货，你还敢公然售卖，砸了活该。”

138. 湖南省，常德县。（时间同上。）

游行学生在日本商行前呼喊：“抵制日货，提倡国货！”

日商挑衅性斥骂：“支那人（愚蠢人）。”

学生们怒砸三家日本商行门面。

139. 常德镇守使衙门。（时间同上。）

日本驻常德领事高桥新二拜见常德镇守使冯玉祥：“我们要求，一，赔偿三家商行损失；二，惩办凶手；三，正式道歉；四，保证以后不再发生同样的事。”

冯玉祥：“我和我的部队是流动的，而你们的商民在这里却是固定的，我不能长期保护你们。你们必须使本地人民对你们有好感，万不能开罪于他们。因此你提出的要求，我为你们的利益着想，不能照办。我劝你们的商行都贴出告白，说明你们过去经营不良，以后当极力改革，这次损失甘愿承受，但请以后不要再与捣毁。你们这样办理，我保证本地人民必能对你们产生好感，你们的财产不但获得安全，而且生意也会兴隆，到那时这点损失又算什么?”

高桥：“你的话全是偏袒暴徒的。”

冯玉祥：“他们是出于义愤，赔偿是一个也没有，不过我可以劝他们以后对日商加以体恤，你们的安全我自当保护，我要派人去为你们的商行站岗，防止再有意外。”

140. 常德日本商行。(时间同上。)

当地驻军封锁门口，搜查顾客，使他们惊走。

日本商人抱怨：“你们这样搜查，谁还敢进来?”

驻军：“我们只管保证贵号安全，旁的不管。”

日本商人找高桥：“快去请求镇守使撤掉岗哨吧。”

141. 北京大学图书馆，6月15日。

李大钊收到日本黎明会主事、帝国大学教授吉野造作来信：“我知道贵国虽盛倡排日，所排之日，必为野心的、侵略的、军国主义的日本，而非亲善的、平和的、平民主义的日本。侵略的日本，不独为贵国青年所排斥，亦为我侪所反对，侵略的日本行将瓦解，未来平和人道的日本必可与贵国青年提携。”随即回信：“此次敝国的青年运动，实在是反对侵略主义、反对东亚的军阀，对于贵国公正的国民绝无丝毫恶意，此点贵国识者赐以谅解。……我等日日祷望黑暗的东方发现曙光，故亦日日祷望军阀的日本变为平民的日本，侵略的日本变为平和的日本，黑暗的日本变为黎明的日本，在黎明的曙光中两国的青年可以握手提携，改造东亚，改造世界。”

142. 福州。(时间同上。)

福州商会会长黄秉荣私存日货，学生会稽查员进货栈检查，黄命手下关闭栈门殴打。

商界罢市，学生游行要求惩凶。李厚基出动大批军警，与日本驻福州军队一道逮捕、毒打游行者。

当夜，福州学生联合会发通电：“全国学生联合会公鉴：学生六千余人，被李督及日兵捕去，伤者、死者不知其数，请将此事传播各地，乞协力援助。”

143. 陕西省西安，6月16日。

陕西省学生联合会会长屈武（22岁）领导学生游行，呼喊：“今日之夺我青岛者，即它日之构成世界大战、破坏世界和平者，同胞其图之。”“惨莫过于国亡，哀莫过于心死。”“我不自亡，谁敢亡我。”“国将亡矣，尚忍争权攘利乎！”“日本夺我青岛，同胞快醒快醒。”“青岛不收回，死不用日货。”“敢再买卖日货者群起而攻之。”

144. 九江。(时间同上。)

工人仍罢工，小学生沿街设募捐箱多处：“请诸君捐钱接济工人。”

罢市商店中有少数开门，工人们说：“我等爱国，虽饿肚不开工，他们商会今日开市，太无道理，我们去打！”

鼓动开市的九江商会副会长辜竹平被打，开门商家见势不妙又关门。

美国游客向码头工人说：“我出两块美金请你们搬二十件行李。”

工人：“我们不是因为先生出钱少不搬，是因为日本人欺我中国太甚，所以罢工。”

美国人只好自己动手搬运。

一只小木筏子载一日本人，被工人看见，将筏子拖上岸，挂在树边，用粉笔写上：“此船不爱国。”

145. 北京总统府，6月17日。

徐世昌发电：“巴黎和会陆总长，合约签字之际，山东问题保留主权，即不能带来何等实质性的利益，毋庸固执，可无条件签字。”

146. 北京新华门前，6月20日。

山东省请愿团向陈子厚递请愿书：“一，拒绝巴黎和约签字，二，废除高徐顺济铁路草约，三，惩办卖国贼曹、陆、章。”

陈子厚：“我国现在采取责任内阁制，此种重大问题，皆听阁议解决，此时要求面见大总统亦无益处。”

请愿代表：“山东存亡即吾辈生死，不得见总统求得保证，势不回寓。”群哭。

军警督察长马龙标出见代表：“总统请各代表明日下午二时至国务院，由龚代总理接见，两日后总统当会见各代表，述明此次外交情形。此事余可担保。余亦山东人，爱山东之情不在诸君之下。”

147. 北京国会，6月21日。

徐世昌向议员发表咨文：“山东问题现由专使在会上提出抗议，如果无可转旋，政府熟权利害，决定对此项草约，大体应行签字，唯应声明另行保留，以为挽救地步。”

148. 北京国务院。(时间同上。)

龚心湛会见山东请愿代表："关于山东问题今晚将电专使保留。关于铁路草约，可以废除，但先要偿还日本二千万元借款，这目前有困难。关于曹、陆、章，行政上无处分，如有卖国证据，可向法庭起诉。"

149. 上海公共体育场。6月23日。

陈潭秋、董必武、许德珩等上万人开各界公民大会，发宣言："我当局为日本胁诱，不惜与民意宣战，悍然主张签署巴黎和约，非代表民意之机关，乃代表日本侵略我土地，取我国权之事务所也。""政府纵然允许签字，吾人誓不承认。""政府甘弃国民而自陷于孤立地位，国民救国多方，勿谓无相当之对付办法也。"

150. 上海孙中山寓所。(时间同上。)

国民党员戴季陶拜见孙中山："总理，就这次的现象看来，工人直接参加政治社会运动的事，已经开了幕，如果有知识、有学问的人不来研究这个问题，从思想上来领导他们，将来渐渐的趋向不合理的方面去，是很危险的，用温和的思想来指导社会上的多数人，是很重要的事。"

孙中山："中国现在不但工人没有知识，连号称知识阶级里面的人也是一样没有知识，我们晓得群众的水平是很低的，但要训导群众，最要紧是替他们打算，不好一味拿自己来做标本。"

151. 北京总统府。(时间同上。)

山东请愿代表拜见徐世昌："起程之际，我东民父老兄弟姐妹环跪车站，泣不成声，嘱代表等请求不遂，不得生还，并命代表，请问大总统是否要我山东，倘仍要山东，我东民尚可忍死须臾。”“高徐顺济铁路政府所难者不过二千万垫款。以前垫款，政府如何用途，东民不敢过问，东人情愿倾家荡产凑还此款。但求政府代为取消前订草约。”群哭。

徐世昌：“政府亦系主张保留山东二条，与诸君意见相似，前已去电和会代表相机图之。无论何国不能完全贯彻其主张，以美国之强，威尔逊总统犹不免有失意之事，而况弱国外交，安得必求圆满结果？”

152. 长沙。6月25日。

毛泽东、何叔衡、溆浦女校校长向警予（24岁，土家族）等五千多人冒雨游行，激呼口号：“一致对外，坚持到底，勿忘国耻，大家努力，提倡国货，莫买日货！”

153. 巴黎和会会场，6月26日。

顾维钧约见和会秘书长杜塔斯塔：“在对德和约中关于山东问题的三项条款有保留情况下，中国代表团始能签字。”

杜塔斯塔：“不允许对约文作任何的保留。”

154. 北京新华门前，6月27日。

马骏、刘清扬、刘少奇、蔡和森、张太雷、屈武等几百人示威：“老徐不允拒绝和约签字，宁同死阶下。”

到天黑，徐世昌被迫见学生代表和商会代表。

刘清扬：“这次请愿我们既受人民重托，绝不能空手回去。今晚非要大总统去电拒绝签字不可。”

徐世昌：“政府当然接受民意，已电令专使切实保留山东，否则勿签字，如已签字，和约送到中国时，也一定予以批驳。青年们爱国是好的，如果聚众滋事就不对了。”

屈武激动地说："现在国家都快要亡了，今天丢青岛，明天丢山东，后天就会丢掉整个华北，如果政府再不想办法，我们只有以死力争。"突然一头撞在明柱上，鲜血迸流，昏厥倒地。

代表们忙着救屈武。徐世昌躲回府去。

155. 巴黎和会会场，6月28日。

克列里孟梭、劳合·乔治、威尔逊、牧野等在《对德和约》上签字。

合约规定："协约国及其盟国因德国及其盟国的侵略，所受一切损失，德国承认由德国及其盟国负责。……德国将其海外属地所有的权利放弃，以与主要协约国及其盟国。……德国将其根据1898年3月6日与中国所订条约中关于山东省……一切权利……放弃以与日本。……"

中国代表席位是空着的。

156. 巴黎中国专使驻地。（时间同上。）

大批华侨、留学生围堵门口声音："不准专使出门，如果出门，当扑杀之。吾们已准备了，每一个专使的命用三个人的命去抵偿。"

陆征祥看上海各界公电："如违背民意，不保留青岛及山东主权而签约者，当与曹、陆、章同论。"拟致大总统电："祥等审慎商榷，不得已时当不往签字。"

157. 巴黎和会会场。（时间同上。）

德国代表被迫来签字，声言："大家要我们承认我们是战争唯一的祸首，我本人如果这么承认，那就是欺人之谈。"但仍签字。

中国代表席位还是空着的。

158. 巴黎中国专使驻地。（时间同上。）

大批华侨、留学生仍堵着门口。

陆征祥看大总统电："国内形势紧张，政府压力极大，签字一事请陆总长自行决定。"与顾维钧、王正廷等商议后拟声明："与其承认违悖正义公道之条款，莫如不签字。中国此举实出于不得已。唯予联合国团结上有所损失，殊觉遗憾。然责任不在中国。特此竭诚布阵，静待世界公论之裁判。"

159. 上海公共租界区，7月1日。

英、法、美、日列强侨民悬旗结彩，庆祝巴黎和会成功。

160. 上海公共体育场。（时间同上。）

十万各界群众开国民大会。

学界代表："我们中国人庆祝什么呢？我们不仅无利可得，反而失利，外国人可以在我们的国土任意侮辱我们！"

商界代表："对德和约，无论签字与否，国民皆不承认。"

工界代表："救国必须从根本上解决，就是要推翻卖国政府，另起炉灶，组织新政府。"

军警驱散大会。

161. 上海法租界霞飞路220号，7月2日。

法国巡捕封闭国民大会和全国学联总会会址。

162. 华盛顿。（时间同上。）

国会议员斐伦与琴克等辩论："巴黎和会判断山东问题仍为一种政治上便宜之办法，因各国从前都曾获得在中国经济及政治权利，故对于日本要求，无法拒绝，而威尔逊十四条原则，乃无所用矣。"

琴克:“山东问题之解决,与民主主义及公道不相容,如不能纠正,则东方战事将不可免。”

斐伦:“美国的第二次战争将在太平洋上。”

163. 莫斯科人民委员会,7月25日。

苏俄副外交人民委员加拉罕发表《俄罗斯苏维埃联邦社会主义共和国对中国人民和中国南北政府的宣言》:“正当红军打败高尔察克,胜利进入西伯利亚,苏维埃人民委员会特向中国各族人民发表友好宣言。……我们不但帮助本国的劳动阶级,而且也帮助中国人民。……不料协约国竟要挟北京政府同俄国工农政府断绝一切关系。日本和协约国不等满洲铁路归还中国人民就将它据为己有,并进犯西伯利亚,甚至迫使中国军队援助这一罪恶的闻所未闻的强盗行为。苏维埃政府已放弃中国因1900年义和团起义所负的赔款,而协约国仍在追偿赔款以满足前沙皇驻北京公使和驻华各地领事的非法要求。所有这些沙皇和奴仆早已丧失自己的权限,但仍固有原职……中国人民应当把这些骗子驱逐出境。……苏维埃政府废弃一切特权,废弃俄国商人在中国境内的一切商站,任何一个俄国官员和传教士不得干预中国事务,如有不法行为,应受当地法院审判。在中国,除中国人民的政权和法院,不应当有其他的政权和法院。……如果中国人民愿意像俄国人民一样获得自由,愿意摆脱协约国在凡尔赛给中国人民所安排的命运,……那就请中国人民了解,在争取自由的斗争中,唯一的同盟者和兄弟是俄国工人、农民及其红军。”

164. 北京警察厅,9月16日。

陈独秀及瞿秋白、高君宇等获释出狱。

李大钊当场朗读《欢迎独秀出狱》一诗："你今出狱了，我们很欢喜！他们的强权和威力，终究战不胜真理。……因为你拥护真理，所以真理拥护你。……我们现在有了很多的化身同时奋起，好像花草的种子撒遍大地。……你即使久住监狱里，也不须愁着孤寂没有伴侣。"

165. 天津警察厅，1920年2月6日。

周恩来、马骏、于方舟、郭隆真、夏琴西等被捕入狱。

杨以德对周恩来说："你们有什么想法，尽管对我说。"

周恩来："很好！我们正不明白拘捕我们是什么理由呢？"

杨以德："我也知道爱国，可是学生爱国的法子太不对了，是被人利用的。"

周恩来："我们做事纯本天良，譬如这次调查日货竟遭殴击，向省署请愿，反被逮捕。"

杨以德："我给你纸笔，你写出来，拿给我看。"

166. 北京大学文科教务长办公室，5月。

胡适写文："这一年以来，教育界的风潮几乎没有一个月平静的，整整一年的光阴就在这风潮扰攘里过去了。"

167. 北京大学校门口。(时间同上。)

刘少奇对学友说："我本来已经考上北京大学了，可是实在交不起学费，只得另寻出路。"

168. 巴黎，12月。

大批中国勤工俭学学生来到这个战后衰败的法国都城，他们中有周恩来、赵世炎、蔡和森、向警予、徐特立、何长工、刘清扬、聂荣臻（21岁）、李富春（20岁）、陈毅（19岁）、邓小平（16岁）。他们在这里开始研读《共产党宣言》

和《资本论》。

169. 浙江省嘉兴，1921年7月。

在南湖的一条游船上，中国共产党宣告成立。参加成立大会的代表中有毛泽东、董必武、陈潭秋、何叔衡、王尽美、邓恩铭、李达。

170. 贵州省遵义，1935年1月。

中国工农红军在长征途中攻占全城。红军中有董必武、林伯渠、徐特立等。

中国共产党在此举行中央政治局扩大会议，确立了以毛泽东为核心的新的中央的正确领导，把党的路线转变到了马克思列宁主义的正确轨道上来，成为中国革命从挫折走向胜利的一个伟大转折点。

171. 陕甘宁边区延安，1939年5月4日。

毛泽东在“五四运动”二十周年纪念会上，演讲：“五四运动是干什么的？是为着反帝反封建，但是也失败了，中国仍然在帝国主义和封建主义的统治之下。如果我们把过去几十年的革命做一个总结，那便是只得到了暂时的局部的胜利，没有永久的全国的胜利。“五四”以来，中国青年们起了什么作用呢？起了某种先锋队的作用，是反帝反封建的一个方面军，而且是一个重要的方面军。但是光靠这个方面军是不够的，光靠它是不能打胜敌人的，因为它还不是主力军。主力军是谁呢？就是工农大众。……在过去几十年的青年运动中，有一部分青年，他们不愿意和工农大众相联合，他们反对工农运动，这是青年运动中的一股逆流。……我希望全国的青年切记不要堕入那股黑暗的逆流之中，要认清工农是自己的朋友，向光明的前途进军。”

172. 华北华中，抗日根据地。(时间同上。)

中国共产党领导的八路军、新四军浴血抗击日本侵略军。

173. 北京天安门广场。10月1日。

中华人民共和国成立大典。

旁白：1949年，中国共产党领导中国人民终于取得了反帝反封建斗争的完全胜利。

——全剧终

静静的海河

刘 永 强 作 品 集

我们光荣的土地不是用犁来翻耕，
我们的土地是用血汗来翻耕！
先民的血肉深埋地下，
使荒野化作良田，
光荣的土地上种的是永恒的希望！

啊，静静的海河，我们的母亲河！
先民的血流与你交融在一起，
滋润干渴的田地。
啊，静静的海河，我们的母亲河！
愿你永远碧水澄清，微澜不兴，
护佑我们古老的家园，
使草木茂盛，五谷丰登，
让世代子孙富足安宁，生生不息！

1. 海河岸边，赤碱滩头。1917 年秋。

大清早，田万顷和他儿子田力耕在地里割稻子。

梁满仓和儿子梁兴业拿着镰刀下地。

满仓："万顷，今年收成可好啊，一亩能打二百斤？"

万顷直腰喘口气："好有啥用，还不是送进钱串子、金串子的粮仓去。"

这时万顷的女儿力耘拿着一个破旧的书包和一个大窝头跑来，窝头心里放着一块咸菜。

力耘叫力耕："哥哥，该上学去了。"

力耕走上田埂，把镰刀交给力耘，从她手中接过书包和窝头，边吃边跑回村。

力耘下田，挥镰割稻子。

2. 海河堤坡。(时间同上。)

钱老爷和金老爷拄文明棍儿看田里丰收景象，两家大管家各带两个挎枪的壮丁跟随。

钱老爷对金老爷说："金大哥，今年收成真不赖呀！"

金老爷："钱老弟，是不坏呀！"

钱大管家对金大管家说："我们的粮仓要抓紧修缮了。"

金大管家："是呀，我们的存粮也得赶快运进城去卖一批，好腾地间。"

3. 赤碱滩小学。(时间同上。)

校门口挂着："乡村教育示范学校"的牌匾。

田力耕跑来上学，到本班门口，见国文教员钱有文正在讲台上，愧疚地鞠躬。

有文嗔怪："田力耕，你怎么又迟到了？"

力耕："先生，家里正收秋，爹叫我早起割稻子去。"

有文："好了好了，别辩解了，快坐到位子上去吧！"

力耕坐到自己位子上，抹汗。

有文讲课："今天讲古典小说《红楼梦》中的一首诗《杏帘在望》。小说《红楼梦》描写一位大家公子贾宝玉愚顽不通世故，怪僻怕读文章，不学无术，玩物丧志，因此败尽了家业，好在他浪子回头金不换，知耻而后勇，最终还是光耀了门庭，'兰桂齐芳'。……"

力耕和同学们一起朗读课文："杏帘招客饮，在望有山庄。菱荇鹅儿水，桑榆燕子梁。一畦春韭绿，十里稻花香。盛世无饥馁，何须耕织忙。"

4. 赤碱滩村，田万顷家，几天以后。

这是一个有三间大土屋、两间小土屋的院子。周围是穷街坊的破土房。

田万顷和老婆、孩子把收割上来的稻捆儿堆在院里，万顷用一个石磙子碾稻粒，万顷妻用木棒子砸稻粒，力耕和力耘手抓稻捆儿往石板上摔稻粒。

周围的穷街坊（包括梁满仓家）也都这么忙着。

5. 钱家粮仓。几天以后。

佃户们推着木轮车送租粮来，由自家的麻袋倒进钱家的麻袋，然后再过秤。

钱大管家督看着稻谷成色好坏，看家丁过秤，看院工码垛。

6. 金家粮仓。(时间同上。)

钱家粮仓的情景有如再现，只是监理人换了金大管家。

7. 钱家粮仓。(时间同上。)

田万顷和田力耕来交租粮。

粮仓主事拿着账本叫：“田万顷，租一等稻田八亩，每亩交租100斤，合计800斤。”

田万顷和田力耕倒麻袋。

钱大管家发现一包中多整穗，叫：“等等！我说万顷，这一包可不行啊？”

万顷陪笑说：“大管家，高抬贵手吧，没瘪籽。”

钱大管家：“得得，本乡本土的租户，你婆娘又在府上当佣人，这次送你个人情”，向粮仓主事说：“高点秤，过了算了。”

万顷：“谢大管家！谢大管家！”

8. 金家粮仓。(时间同上。)

梁满仓和梁兴业来交租粮。

粮仓主事拿着账本叫：“梁满仓，租二等稻田六亩，每亩交租85斤，合计510斤。”

梁满仓和梁兴业倒麻袋。

金大管家发现一包中起尘，叫：“停下！我说满仓，这一包尽是土了？”

满仓：“大管家，这两天没风，所以扬得不干净。”

金大管家：“别强词夺理，照你的说法，农家都装包土当租粮吧！”

满仓：“没那意思，没那意思！您看……”

金大管家："扛出去重溜一遍，在我面前打不了马虎眼。"

满仓无奈地"哎"了一声，和兴业把这包没扬干净的稻谷拽出去重扬。

9. 俄国，彼得格勒，11月8日。

布尔什维克党领导工人赤卫队和卫戍部队武装占领全城，到处张贴"一切权力归工农兵苏维埃"的标语。

10. 彼得格勒，斯莫尔尼宫。（时间同上。）

夜晚，全俄工兵代表苏维埃第二次代表大会现场。

布尔什维克党领袖列宁做《关于土地问题的报告》："……《土地法令》（1）立刻废除地主土地私有制，不付任何赎金。……（3）地主的田庄以及一切皇室、寺院和教堂的土地连同耕畜、农具、庄园建筑和一切附属物，一律交给乡土地委员会和县农民苏维埃支配，……（5）普通农民和普通哥萨克的土地概不没收。……下附《农民的土地问题委托书》：……土地应当平均使用，即根据各地条件，按劳动定额或消费定额把土地分配给劳动者。……各乡村可决定采取按户、按独立 农庄、按村社、按劳动组合等方式使用。……土地应根据人口增加、农业生产率增长和农作技术提高等情况，定期重新分配。……"

有人叫喊："这个法令和委托书是社会革命党人拟定的！"

列宁："就让它这样吧！无论谁拟定的不都是一样吗？我们既是民主政府，就不能漠视下层人民群众的决议，即使这个决议我们并不同意。……我们应当跟随实际生活前进，我们应当让人民群众享有发挥创造精神的充分自由。……问题实质是使农民坚信，农村中再也不会有地主了。……"

全体热烈鼓掌。

11. 俄国，顿河流域。12月。

布尔什维克党领导红军消灭白卫军和地主，把田地分给贫苦农民。

12. 钱家大院。1918年1月（农历腊月初八）。

早晨，万顷妻和几个男女佣人在厨房里烧三口大锅一口小锅熬粥，大锅里是用陈芝麻烂谷子熬的稀粥，小锅里是用香米、芸豆、核桃、花生、莲子、蜜枣等熬的甜粥。

粥熬熟了。两个丫环抬一小桶甜粥到钱府饭厅。

钱老爷和钱太太，四个妾室以及长子钱有武和大少奶奶，还有次子钱有文，小女儿钱花同坐一张大饭桌，丫环依长幼次序给每人盛粥。

13. 金家大院。(时间同上。)

钱家大院的情景有如再现，只是主人换了金老爷和妻妾以及长子金成山，次子金成海等。

14. 钱家大院门口。(时间同上。)

钱家大管家指挥家丁抬出两大桶稀粥，摆在当街。

一个家丁高声叫喊："今天是腊月初八，钱老爷开恩施粥啦!"

很多穷苦人拿着破碗破罐跑来排队打粥，粥碗满了便要高呼："钱老爷贤德!""钱老爷吉祥!"

钱大管家站在一旁，不时督促打粥的人："大点声！几天没吃饭啦?"

15. 金家大院门口。(时间同上。)

金大管家督办施粥。

打了粥的穷人高喊："金老爷大仁大义！""金老爷大富大贵！"

16. 田万顷家。（时间同上。）

晚上，万顷妻提着一瓦罐稀粥从钱府回来，把四块银元交给万顷说："今天大管家给我们开了半年的工钱，我拿到六块钱，上了两块钱的年礼。"

万顷："咱们过年的钱都没有，还上礼？"

万顷妻："不上礼怎么行呢？"钱家要是节后加咱们的租子，你有啥法？"

万顷："唉，这一年到头是为谁忙活？"

17. 赤碱滩村。除夕。

钱府和金府两家大财主以及四五家小财主，十几个富裕户张灯结彩，花炮连天，大摆筵席，欢天喜地过春节。

万顷妻等众多佣人强颜欢笑侍奉大户人家的老爷、太太、少爷、小姐们过年。

万顷、满仓等千家小门小户却清锅冷灶、死气沉沉地过大年。

万顷妻半夜回家，带来几角赏钱和些剩鱼剩肉。万顷把这几角钱当压岁钱给了力耕和力耘。

18. 海河冰面。次日。

田力耕和妹妹跑到对岸葛沽镇看新年庙会去。

田力耕和妹妹看着一群僧不像僧，道不像道的人抬着"天爷爷""天奶奶"的塑像，吹吹打打地在庙堂广场来回转悠。

19. 葛沽庙会。（时间同上。）

一个年轻人（林道）推个破独轮车叫卖："清水萝卜！

清水萝卜！”

力耕问：“怎么卖的？”

林道：“一角钱一个。”

力耕掏出一角钱：“买一个。”

林道收下钱，拿小刀“咔咔”把一个大萝卜绿身部分劈为八半，给力耕。

力耕掰一块萝卜给力耘。

力耘吃着说：“真甜，一点不辣。”

林道：“咱这的萝卜是出名的：小站稻、北塘鱼、葛沽萝卜脆似梨。”

20. 海河岸边，赤碱滩头。阳春三月。

早晨，钱老爷和金老爷一起踏青，欣赏海河沿线红花绿草，海河水面游船摆渡。

钱老爷：“金兄，今日良辰美景不虚设也！”

金老爷：“是呀，真令人宠辱皆忘，心旷神怡。”

这时，田万顷、梁满仓等在租田里挥耙翻土，梁兴业在河中驾船撒网逮鱼。

万顷对满仓说：“财主乐陶陶，佃户累弯腰。”

满仓：“唉，认命吧！”

林道从葛沽坐摆渡来北岸，肩扛一把齐眉棒，棒上扎着草靶，上面插着几十支糖墩。向赤碱滩村中走着叫卖：“糖墩！大糖墩！冰糖的！”

21. 赤碱滩村。一日。

一个胳膊上戴着“乡保安队”黑白袖标的人敲锣串街叫喊：“各位乡邻听了，乡长有令：三日之内到乡公所交纳田税、人头税、保安费，逾期不交，加重处罚。”

22. 赤碱滩乡公所。(时间同上。)

钱有武和金成山坐在一张大桌子后面，一个管账师爷一旁陪坐。

钱有武指示金成山：“你明天派两个人，一个去东排地，一个去西排地，催缴税费。”

金成山：“好，他们缴不上来，我就亲自出马。”

这时，田万顷走进来，向二人躹躬：“钱乡长、金队长，我来交税。”

有武：“好啊，老田，如期交税，值得嘉许。”叫：“管账师爷，给老田算账。”

管账师爷打开账本说：“田万顷应交田税八块，人头税四块，保安费六块，共计十八块大洋。”

万顷：“钱乡长、金队长，烦劳你们费心，保安费可不可以少交两块?”

成山：“老田，我们保安队一年四季把脑袋别在裤腰带上，维护一方平安，为了几个保安费，你还要讨价还价，太不知好歹了吧?”

万顷：“我也知道金队长和弟兄们辛苦，可是去年虽说丰收，粮价却跌了一半，还租以后实在没卖多少钱，谁知现在粮价又大涨上来，买不起了。总之请乡长和队长格外开恩，让我们能挨过这段青黄不接的时候。”

成山：“你少交两块，他少交两块，我们保安队就得喝西北风啦!”

有武：“老田，你历来为人规矩，现在屋里没外人，我向金队长说个情，这次就少要你两块。”

万顷：“哎呀，乡长恩典！队长恩典！”

有武：“可是有两句话，第一，到外面守口如瓶，不要乱讲。”

万顷：“那是，那是！”

有武：“第二，闲时逛街串门，多劝劝乡邻们如期交税，不要敬酒不吃吃罚酒。”

万顷：“一定，一定！”忍痛交钱后出门，想：“田主不交田税，让租户交，找谁评理去呢！”

23. 赤碱滩小学。一日。

钱有文给田力耕等学生讲课，为了显示自己的学问，他在学生面前卖弄：“《论语·颜回》一章是教育人们要知足常乐，‘人苦不知足，得陇复望蜀’，这是不可取的，为人应该宁静修身，淡泊名利。……”

力耕和同学们朗读课文：“子曰：贤哉回也！一箪食，一瓢饮，居陋巷，人不堪其忧，回也不改其乐。贤哉回也！”

24. 田万顷家。（时间同上。）

晚上，田力耕告诉父亲：“今天老师让我们准备下期的学费，要五块大洋。”

万顷：“力耕，爹对不住你，咱没钱交学费了。”

力耕：“爹，我知道。我以后不上学了，我干活挣钱，让妹妹上学。”

力耘：“哥哥，我不上学，省下这份钱吧！”

力耕：“力耘，现在学校招女生，你都 14 岁了，应该认点字，将来总有用处。”

25. 北大窖砖场。盛夏。

砖场前面是窖工住的土屋和窖主的车马圈。

田力耕和梁满仓赶出两匹马拉的一挂车到砖垛，拿砖夹子往车上码砖。两人光着膀子，通身是汗。

金成海背着手在场区来回巡视。

钱老爷坐着一乘小轿来了。

成海笑着迎过来：“钱叔，清闲。”

钱老爷下轿，点头说：“你这几天出砖不少啊！”

成海：“有小侄照看着窖场，您老还不放心吗？”

钱老爷：“没那意思，我来是另有事由。”

成海：“何等大事，要劳您老大驾？”

钱老爷：“你知道，你有文兄弟已经19岁了，就该张罗娶亲了，可是他当个小学教员，名下没有什么产业，我打算把我在窖场的股份划给他，这样对外有点显摆的东西。”

成海：“这事呀，容易。”

钱老爷：“他教学，没工夫打理窑场的事，也不懂这些事，只按期分红，你还要多多关照。”

成海：“钱叔不必客套，咱一家人不说两家话。”

这时，力耕和满仓装满一车砖，满仓赶车，力耕旁坐，出窖场，南行三里地，到赤碱滩村头。

26. 军粮城火车站。（时间同上。）

梁满仓和田力耕赶着砖车从赤碱滩村向东走三里地，过东排地村，再走十余里，到此处的建筑工地。

满仓拿出送货单，与工头接洽妥交砖事宜，然后和力耕一起卸砖。

完活，力耕说：“满仓叔，你老歇歇，我来赶车。

满仓：“好！”把马鞭子给力耕，用自己的一件破褂子垫背，躺在车斗上。

27. 田力耕家租地。（时间同上。）

夜晚，力耕和力耘脚踏翻车，往稻田蓄水。

力耕对力耘说：“我在砖场干活，一月能挣两块钱，保你一年学费没问题。”

力耘：“哥，我最多读一年书，就不上了。你还得攒钱给我娶嫂子呢？”

力耕：“力耘，别说这个。我想了，不能给家里挣来二亩地，我宁可打一辈子光棍儿。”

28. 赤碱滩小学。一日。

钱有文给田力耘等学生讲课：“《击壤歌》是我国最老的诗篇，表现了淳朴先民安居乐业、怡然自得的田园生活。”

力耘和同学们朗读课文：“日出而作，日入而息。凿井而饮，耕田而食。帝力于我何有哉？”

29. 广东省海丰县龙蛇埔。1922 年冬。

中国共产党员，海丰县农民协会会长彭湃穿着粗布衣服给佃户开会：“马克思在《共产党宣言》中说过，当革命剧烈开展时会引起反动阶级内部的分化瓦解，促使其中一部分人转到革命阵营里来。我就是这样一个杀回马枪的人。”举起手中田契说：“说是我名下的田契，现在还给你们，以后你们就不用交租了。”

彭家佃户：“你的好意，只有心领了，租子还是要交的。”

彭湃：“我祖上遗留的产业是剥削来的，以后彭家的租谷一升一斗都归还给农民兄弟，你们不要再给我。”打火把田契当众烧毁。

农民们称赞：“真不愧号称彭菩萨!”“真是活菩萨呀!”

30. 海丰县总农会。1923年春。

彭湃等发布《为减租而告农民书》：“今年不幸，遇风灾水祸，农产品完全失收，……

地主那里有租利可得，我们的血本已无存。……我们须与残暴无良的地主一抗，主张至多三成交租，如无租可还者只得免交。”

31. 北大窖砖场。(时间同上。)

田力耕和梁满仓装满两匹马拉的一车砖，出窖场，往赤碱滩村走。

32. 崔家码头。(时间同上。)

田力耕和梁满仓赶着砖车从赤碱滩村向西行三里多地，过西排地村，再走二十余里，到此处的建筑工地。这里竖着“天津市区界”的石碑。

满仓拿出送货单，与工头接洽妥交砖事宜，然后和力耕卸砖。

完活，天色将晚，两人急忙赶车回村。

33. 一块芦苇塘区。(时间同上。)

田力耕和梁满仓赶车疾走。

突然，几个彪形大汉蹿上路来，手拿刀斧，拦住马车。

匪首叫：“站住，留下钱财再走!”满仓战战兢兢地说：“哎呀！各位大爷，我们是穷庄稼人，没钱哪!”

匪首恐吓：“没钱，留命!”

满仓从口袋里掏出一把零散钞票说："大爷，就这些，是出门吃饭的钱。"

匪首接过钱，叫同伙："妈的，不够咱塞牙缝的，把他们的马拉走。"

满仓央求："大爷，这可不行啊，马是财主家的，丢了我们赔不起呀！"

匪首和同伙不由分说，硬拉马，但有一匹马乱蹦乱跳。

满仓："大爷，留下马吧，我们真活不了啦！"

匪首放弃这匹有点烈性的马："去他妈的！"招呼同伙拉了另一匹马跑掉。

满仓对力耕说："这可怎么办呢？"

力耕无奈地说："回去再说吧！"

34. 赤碱滩乡公所。（时间同上。）

梁满仓和田力耕赶车回来后，向钱有武和金成山报案。

满仓："钱乡长，金队长，求你们快派人追拿土匪。"

有武："你们说土匪抢劫，情况属实吗？"

满仓："千真万确，半句不假。"

成山："单凭你们一面之词，怎么证明？要是你们半路上起歹意，把马私卖了谁晓得？"

力耕："金队长，你怎么乱猜疑人？我们都是本分人，没那个贼心！"

成山："哼，画龙画虎难画骨，知人知面不知心。"

力耕："金队长，保安队年年收着乡民的保安费，就该尽力为乡民效劳。我们遭了抢案，你不派人缉查，反而倒打一耙……"

有武拍桌子："田力耕，太放肆了！你们来报案，保安队自然要全力缉查，查出最好，查不出，马是在你们手里丢的，你们也免不了包赔。"

35. 梁满仓家。(几天以后。)

梁兴业对父母说："保安队是吃干饭的，咱指望他们出力，指望不上。算了，马丢了，认了吧，咱赔一半，田大叔家赔一半。"

满仓："咱拿什么赔呀？"

兴业："把渔船卖了。"

36. 钱家大院。(时间同上。)

田万顷到账房，拜见钱大管家："我现在就是砸锅卖铁也拿不出赔马的钱哪！"

钱大管家："你找我借钱，打上三分的利息，以后又怎么还呢？"

万顷："事到如今，又有啥办法？"

钱大管家："我给你出个主意吧！"

万顷："啥主意？"

钱大管家："钱府最近卖了一个不老实的丫头，正要添一个，叫你女儿力耘来顶缺如何？"

万顷："这？……"

钱大管家："到钱府顶账，吃好的，喝好的，不是两全其美吗？"

万顷："这？那？可几年期呢？"

钱大管家："误不了你女儿出嫁，五年期。"

万顷："容我回去和家里人商量商量吧？"

钱大管家："商量行，可别没完没了，三天为限。"

37. 钱府。夜。

钱太太和钱老爷的三个妾室玩麻将。

田力耘在一旁侍立。

钱太太："力耘，光傻站着？还不快沏茶来。"

力耘羞红了脸，忙去茶房。

38. 钱府。早晨。

钱花在洗漱室刷牙。

田力耘在一旁侍立。

钱花叫力耘："愣着干吗，死木头啊？去把我屋里的尿盆倒了。"

力耘羞愧地低着头往钱花的闺房去。

39. 钱府后花园。白天。

田力耘来采花。

钱有文走来："力耘，我帮你摘。"

力耘："太太看见会骂我。"

有文："太太不会来这儿。你跟我不必这么拘束。"摘一捧花给力耘说："唉，你不念书了，真可惜，以后我有空闲，单独教教你。"

力耘："二少爷有空闲，我可没空闲。"接过花说："够多了，我给太太拿过去。"

40. 钱府。傍晚。

钱老爷训教钱有文："听说你和田万顷的丫头往来很亲密？"

有文："没有的事。"

钱老爷："有也罢，没也罢，我要告诉你，这种人在我们富贵之家，能为妾，可不能为妻。妻必须是门当户对，明媒正娶的，像你母亲，那是大家闺秀，至于你那些姨娘，不过是换来换去的尤物。"

有文："是。"

钱老爷："前两天，金老爷跟我讲，想为你提门亲，是崔家码头吴老爷的三女儿。吴家也算当地屈指可数的富户。这位三小姐据说也还标致。我有意成全这门亲事，不知你意下如何？"

有文："都依父亲安排。"

钱老爷："好，这才是我的儿子，你以后也要争个'兰桂齐芳'。"

有文："是。"

41. 钱家大院。不久以后。

锣鼓喧天，花炮竞放。

钱有文风风光光、排排场场地娶亲。

万顷妻和田力耘等下人伺候宾客。从早忙到晚。

42. 梁满仓家。凌晨。

满仓两口子起床。

满仓妻："咱们兴业都快三十了，还是光棍儿一条。"

满仓："穷家败业，谁家的人愿跟咱。"叫兴业："起吧，下地插秧。"

满仓妻先一步去开院门，突见门口躺着一个破衣烂衫的女子，惊叫："他爹，他爹！"

满仓和兴业跑过来，把晕厥女子抬进屋。

满仓妻给女子喂水。见她苏醒过来，问：“孩子，你怎么了?”

女子：“俺和俺娘出门要饭，饿极了，就倒这儿了。”

满仓妻：“那你娘呢?”

女子痛苦地说：“饿死了。”

满仓妻：“那，你家里还有什么人?”

女子：“没人了，爹欠下财主家的租钱还不起，吊死了。”

满仓妻落泪：“孩子，咱都是苦命人，你要愿意，就留下吧，给我做儿媳妇，我们有一口吃的，就有你一口吃的。”

女子跪倒地上，向满仓两口子磕头。

43. 广东省，广州市东大街 1 号，农民运动讲习所。1924 年 8 月。

中国国民党总理孙中山在讲习所所长彭湃陪同下会见学员。

彭湃：“各位学员，中山先生莅临农讲所是我们的荣幸，请中山先生演讲。”

学员们鼓掌欢迎。

孙中山：“诸君，……我们解决农民的痛苦，归结是要耕者有其田。这个意思就是要让农民得到自己的劳苦成果，不被别人夺去了。现在农民的劳苦成果，农民只能分四成，地主得了六成。政府所抽的捐税都是由农民出的，不是由地主出的。像这样的情形是不公平的。我们以前没有做过这样的宣传，这回是第一次。……你们要真为农民谋幸福。诸君要赶快学成，去向农民宣传联络，农民都联络了之后，我们的革命才可以成功。”

44. 钱家大院。(时间同上。)

钱有文见父亲说:“国民党天津市党部人员劝我入党,您以为可以吗?”

钱老爷:“不可以!孙中山,哼,他们叫嚷什么联俄、联共、扶助农工,你加入国民党,想和你老子作对吗?”

有文:“儿怎么敢呢?我看党部人员对三大政策,似不积极。”

钱老爷:“若积极起来,你老子就死无葬身之地啦!我钱家大院几世繁荣,可不能终结在我手里。你们要想着光宗耀祖,壮大门庭!”

有文:“是,儿谨记父亲教诲。”

45. 海河岸边。夜晚。

田力耕和梁兴业来下虾篓。

兴业:“我这几天上城里去卖鱼,听人说,南方的革命军闹得可欢了,要唤起民众求解放,不再受财主老爷的欺压。我有老婆孩子了,不然非去投革命军不可。”

力耕:“守着这点穷家当也没个好活,我投革命军去。”

46. 湖南省,湘江畔,石桥乡。1926年7月。

田力耕和林道同在国民革命军中,参加讨伐北洋军阀战斗。

革命军所到之处,当地农民自卫军积极援助,配合胜敌。

军民齐唱胜利歌:“打倒列强,除军阀,国民革命成功,齐欢唱!”

力耕和林道看见共产党员、石桥乡农会委员长赵雷声,妇女委员柳荫等领导贫苦农民逮捕当地恶霸地主,给他们戴白帽子，游街示众。

赵雷声宣布地主罪状：“恶霸地主赵阎王私设监牢，对欠租欠债的人严刑催缴，对得罪他的人折磨迫害，他还成立乡绅保产会，跟农会对抗。”

群众振臂高呼：“打倒赵阎王！”“严惩土豪劣绅！”“一切权力归农会！”

“国民革命万岁！”

力耕对林道说：“我们家乡的钱串子、金串子也应该这么惩办！”

林道：“盼着北伐大军早日打到咱们海河边去！”

力耕：“是呀！”

47. 田万顷家。（时间同上。）

傍晚，万顷妻向万顷倾诉心事：“力耕出门一年多了，连个音信也没有，我真惦记得慌。”

万顷：“唉，惦记什么，年轻力壮的小伙子，闯闯无妨。”

万顷妻：“在家千日好，出门万事难。”

万顷：“咱这家有啥好？你别胡思乱想了，力耕命大，早晚能回来……要是命薄，到哪算哪儿！”

48. 钱家大院。（时间同上。）

钱老爷在寝室，玩弄着手腕上戴的玉串，吩咐田力耘：“给我倒杯茶来。”

力耘端一杯茶，放在床头柜上，正要退出屋。

钱老爷看着力耘，忽起歹心，动手拉扯力耘说：“过来，陪陪老爷。”

力耘挣扎：“老爷，你要干什么？”

钱老爷抱住力耘说："老爷不会亏待你。"

力耘推钱老爷说："放手啊！"

钱老爷抓住力耘不肯放："听话，我把玉串给了你。"

力耘："我不稀罕！"仍奋力挣扎。

钱老爷："别不识抬举！"把力耘按在床上。

力耘反抗中，一手摸着床头柜上的茶杯，向钱老爷头上打去，打出血来。

钱老爷"哎哟"一声跳起，茶杯随即摔碎于地。

力耘爬起，急向屋外跑。

钱老爷从床头柜里拿出一把小手枪，追出屋，见力耘已跑到小院角门，便凶狠地连开两枪。力耘惨叫一声，扑倒在地。

钱老爷快步走到角门前，看力耘已死，从手腕上退下玉串，放在力耘右手上。

这时，钱家老少和一些家丁、院工跑来。

钱有武："爹，出什么事了？"

钱老爷一手捂着头，一手指着力耘尸体说："这该死的丫头，趁我休息时，偷我的玉串，被我发觉了，又想谋害我。"

有武叫大管家："快去叫金队长来勘查现场，另外派人告知田家。"

钱大管家："是。"出去。

不多久，田万顷夫妇赶来，见女儿惨死，扑倒大哭："力耘，我苦命的孩儿呀！"

万顷妻泪流满面地质问钱老爷："你们为什么害死我的女儿？"

钱花："谁害死你的女儿！你女儿不守本分，偷窃我家财物，还敢行凶伤人，死有余辜！"

万顷妻："这是诬赖好人！"

钱花："你再狡辩，我撕烂你的嘴。"

万顷："你们这是仗势欺人！"

有武："田万顷，你不要说没凭没据的话。"

有文默默无语。

这时，金成山挎着枪带几个保安队员来了。

成山先向钱老爷慰问："老太爷，您受惊了。"

钱老爷："成山，麻烦你查明现场，向治安当局禀告真相。"

成山："一定，一定！"命令保安队员："把物证保存好，把尸首抬走。"

万顷妻叫："我女儿就这么死啦？这就完啦？"

成山："本队长负责报告地方警察局，你们也可以自己花钱去打官司，案件总会水落石出。"

保安队员找来一块门板，要抬力耘尸首。

万顷妻哭喊："我的孩儿呀！"昏昏欲倒，被万顷扶住。

保安队员把万顷夫妇拖走。

49. 钱家大院。(几天以后。)

钱大管家报告钱老爷："田万顷提出退佃，田老婆子也辞工了。"

钱老爷摸着头说："退佃可以，今年的租粮得给我交上；辞工不要紧，这几个月工钱就别想了！"

50. 田万顷家。(时间同上。)

万顷妻伤心过度，病倒在炕上，泪水哭干，两眼发直。

万顷站在炕沿，伺候老伴喝汤药。

万顷妻喝了两口，有气无力地说："不想活了！不想活了！"

万顷放下药碗，悲愤地举手指天骂道："钱串子，狗杂种，你等着吧，有朝一日我们力耕回来，跟你们算总账！"

51. 石桥乡，国民革命军营房。（时间同上。）

田力耕和林道私议军情："北伐，北伐，为什么伐到半路停下来了？"

52. 江西省，南昌。北伐军总司令部。11月。

国民党中央常委、国民革命军总司令蒋介石（乡绅出身）宴请国民党中央常委、国民政府代主席谭延闿（湖南地主）。

席间，谭延闿说："湖南的所谓'农民运动'，其实就是惰农运动，痞子运动。"

蒋介石："这简直是赤化了。"

53. 湖北省，武汉，中共中央所在地。12月。

中共中央总书记陈独秀在中共中央特别扩大会议上说："不能放任农民运动的自由活动。"

54. 中共中央候补委员、国民党中央候补委员毛泽东（富农出身）写《湖南农民考察报告》："……乡村中一向苦战奋斗的主要力量是贫农。……贫农领袖中，从前虽然有些确实有缺点的，但是现在多数都变好了。只有百分之十五尚有些不良习惯，这只能叫作'少数不良分子'，绝不能跟着土豪劣绅笼统地骂作'痞子'。要解决这'少数不良分子'

的问题，也只能在农会整顿纪律的口号之下，对群众做宣传，对他们本人进行训练，把农会的纪律整好，绝不能随便派兵捉人，损害贫农阶级的威信，助长土豪劣绅的气势。……”

55. 江苏省，南京，国民政府。4月11日。

蒋介石签发密令：“已克复各省，一致清党。”

56. 上海市工人协会。4月12日夜。

上海卫戍部队（司令白崇禧）和上海青帮组织（头目杜月笙）配合，袭击工人纠察队，杀害共产党员、上海总工会委员长汪寿华等。

57. 湖南省，长沙农民协会。5月21日夜。

国民革命军第三十五军军长何键指使手下第三十三团团长许克祥的部队袭击农民自卫军。

共产党员、湖南省农会委员长柳直荀翻墙逃脱。

58. 武汉，中央农讲所。6月。

柳直荀等见到毛泽东，询问：“我们以后怎么办？”

毛泽东：“靠山的上山，濒湖的上船，拿起枪杆子，武装回击反革命。”

59. 江西省，井冈山地区。10月。

毛泽东率领工农革命军第一师第一团开辟革命根据地。

标语：“以革命武装对抗反革命武装！”“打土豪，分田地！”

毛泽东制订三项纪律：一、行动听指挥；二、不拿群众一个红薯；三、打土豪要归公。

60. 石桥乡，国民革命军营房。11月。

田力耕集合本排官兵讲话："连长命令我排于今夜十时包围石桥乡农会，逮捕全体委员，不使一人逃脱。得胜之后，每人赏大洋十块。"

61. 石桥乡农会附近。(时间同上。)

田力耕和林道率领本排官兵愁眉苦脸地行进。

林道问力耕："为什么要打农会，他们和我们一样，都是穷庄稼汉？"

力耕："国民革命革国民，不明白是哪家的道理！"

林道："我们真要为十块赏银，做豪绅的狗腿子吗？"

力耕："你说怎么办？"

林道："反了！"

力耕站住，官兵们也停了下来。

力耕："弟兄们，咱们都是穷庄稼人出身，干吗要给财主老爷充看家护院的？我和林副排长决心忠于三大政策，反对新军阀。我们要投奔农会去，你们愿意跟我们走，欢迎，不愿意的，可以散去。"

士兵们："排长，兄弟们散去也没个出路，我们一起走。"

力耕和林道摘下军帽，扯下帽徽，摔在地上，士兵们也这么做。

62. 石桥乡农会。(时间同上。)

田力耕和林道拜会赵雷声、柳荫等。

力耕："我们是真心来投，望勿疑。"

雷声："我们信你们的话。"

力耕："一连驻防军很快会来，请赵委员长当机立断。"

雷声："我们正准备四乡暴动，就拿它开张吧！"

林道："我们能参加吗？"

雷声："欢迎啊！"

63. 石桥乡村外围。夜。

四乡暴动农军伏击国民党军队，缴获大量武器。

64. 石桥村。次日。

赵雷声、柳萌、田力耕、林道等发动当地农民夺地主田，夺浮财。

标语："插牌分田，土地农有！"

穷农户欢天喜地地说："过去只看见自己辛辛苦苦打下的粮食送进地主家里，从没想到会从地主家里往回挑谷子。""这不是做梦吧？""你咬咬手指头疼不？""哎哟，不是做梦！"

力耕看着人们喜气洋洋的神情想："什么时候赤碱滩也能变成这样？我应该回去干这件事！"

雷声来找力耕："我区党委发表指示，敌人大军将至，农民自卫军开往井冈山。"

力耕："好，走。"

65. 石桥乡。不久以后。

赵阎王等恶霸地主组成还乡团尾随国民党军回来，对各村群众烧杀抢掠。

66. 井冈山区，湘赣边界。（时间同上。）

石桥乡赤卫队员赵雷声等报告："你们走后，地主还乡团尾随国民党白匪军杀回来，反攻倒算，乡亲们遭大罪了，都等着你们早回去报仇啊！"

雷声："我们要马上打回去，解救受苦的众乡亲！"

林道："石桥乡现在还有敌人重兵设防，我们能打过他们吗？"

柳荫："那里不是你的家乡，你当然可以说风凉话了。"

田力耕："怎么能这样讲话，打仗总得分析分析敌我形势吧？"

雷声："敌人就是布下十八架天罗地网，我们也要打回去！不怕死的跟我走！"

柳荫和战士们呼喊："走！"

队伍出发，力耕和林道被迫同行。

67. 石桥村外。（时间同上。）

赵雷声率领部队与白匪激战。

白匪军以优势兵力猛冲，赵雷声和大部分战士英勇牺牲。

田力耕和林道受伤。柳荫指挥余部撤走。

68. 湘赣边界。（时间同上。）

柳荫向田力耕、林道等检讨说："这是一个惨痛的教训，我们干革命是为了全国人民得解放，绝不能只顾着自己的一亩三分地。"

力耕："对呀，其实我也存在家乡观念，曾多次想着回自己的海河码头干事去。"

69. 井冈山区，茨坪，八角楼，中国工农红军第四军军部。1928年5月。

毛泽东与共产党员、红四军军长朱德总结作战经验："我们实行的战术是游击战术，主要原则是：敌进我退，敌驻我扰，敌疲我打，敌退我追。"

朱德："对头，打得赢就打，打不赢就走嘛！"

毛泽东："红军中还要建立严格的纪律：一，行动听指挥；二，不拿工人、农民一点东西；三，打土豪要归公。"

70. 北平，西山碧云寺。7月。

蒋介石拜谒孙中山灵柩，发《祭孙中山文》："……去年四月清共之举……本年一月继清共之举而绝俄……"

71. 钱家大院。(时间同上。)

钱有文与父亲谈论时事："现在全国政权实际上掌握在蒋介石手里了。"

钱老爷："蒋公这个政权好啊，值得信赖。"

有文："国民党天津市党部清除了共产分子，他们又邀我入党。"

钱老爷："国民党已经变成我们的党了，你自可放心加入；有武也应当加入，这对稳固乡长的职位是有利的。"

72. 海河岸边。(时间同上。)

田万顷下网捕鱼。

金成山带两个保安队员走来叫："田万顷，一年多了，你天天打鱼，可没交过管理费。"

万顷："什么管理费？"

成山："这海河每一段都由沿岸乡公所管理，防洪防旱，你不知道？"

万顷："防洪防旱？你们何时筑过河堤？你们何时挖过河泥？等我看见你们筑堤清淤，我就交管理费。"

成山："这个且不讲，每年的保安费你总得交吧？如今各处都闹共匪，我们为民平乱，功不可没吧？"

万顷：“共匪？我没见过，土匪可见过，抢劫杀人，无恶不作。你们打了土匪，我就交保安费。”

成山气急败坏地用手指着万顷说：“好你个老东西，你就嘴硬，你瞧着，我有办法治你！”回村路上，对手下说：“晚上过来，把老不死的渔网拉走。”

73. 莫斯科郊外。银色别墅。7月9日。

中国共产党第六次全国代表大会。

瞿秋白、李立三、向忠发、周恩来、苏兆征、蔡和森、邓中夏、张国焘、王明等出席。

共产国际总书记布哈林受邀出席会议并讲话。

大会通过《中国共产党第六次全国代表大会决议案》：“……农民运动的中心口号，是没收地主阶级的土地交由农民代表会议（苏维埃）处理。……主要的敌人是豪绅地主，无产阶级在乡村中的基本力量是贫农，中农是巩固的同盟者，故意加紧反对富家的斗争是不对的，因为这就混乱了农民与地主阶级的主要矛盾。但是并不是说要放弃对于富农半地主的阶级斗争。……”

74. 井冈山区，宁冈县工农苏维埃政府。12月。

毛泽东制定《土地法》：“一、没收一切土地归苏维埃政府所有，分配方法：（1）分配农民个别耕种；（2）分配农民共同耕种；（3）由苏维埃政府组织模范农场耕种。以上三种方法，以第一种为主。……分配的土地禁止买卖。……”

75. 江西省，兴国县。红四军军部。1929年4月。

毛泽东看到《中国共产党第六次全国代表大会决议案》后，修订《土地法》，把第一条中“没收一切土地”几个字划掉。

76. 江西省，赣江畔，柳溪村。胡家大院。一日。

佃户们交租。大地主胡汉三亲自监督。

一佃户倒谷入斗，胡家管事说："105 斤。"

佃户："不对呀，我在家秤的有 120 斤，你家的斗有问题吧？"

管事："瞎说，谁还为你那几粒租粮专门做个斗？"

佃户："我去借个斗，咱再量量。"

胡汉三："那你就抬回去吧！"

其他佃户劝这个佃户："快交吧，晚交一个月加二分利息，他拖得起，咱拖不起。"

77. 柳溪村外。（时间同上。）

田力耕、林道、柳荫等率领部队攻打地方保安队，很快取胜。

78. 胡家大院。（时间同上。）

红军打来，胡汉三仓皇逃跑。

当地百姓欢迎红军，分胡家谷米。

胡家大门口挂起"柳溪乡工农民主政府"的牌子。

田力耕等张贴《土地法》布告："一、没收公共土地及地主阶级土地归苏维埃政府所有，……分配土地的数量标准：（1）以人口为标准，男女老幼平均分配；（2）以劳动力为标准，能劳动者多分一倍；以上两个标准，以第一个为主。……分配土地的区域标准：（1）以乡为单位；（2）以几乡为单位；（3）以区为单位。以上三种标准，以第一种为主。……七、土地税之征收。（一）土地税依照生产情形分为三种：1. 百分之十五；2. 百分之十；3. 百分之五。以上三种方法以第一种为主……（二）如遇大灾或其他特殊情形时，得呈明高级苏维埃政府核准，免纳土地税……”

79. 柳溪乡，红军驻地。（时间同上。）

田力耕、林道在中国共产党党旗下宣誓：“服从纪律，牺牲个人，努力革命，阶级斗争，严守机密，永不叛党。”

柳荫教战士学文化：“《工农兵三字经》，天地间，人最灵；创造者，工农兵。……”

80. 柳溪乡，红军驻地。几天以后。

田力耕和柳荫举行简朴婚礼。

林道宣布：“连党支部报请上级批准，田力耕和柳荫两同志结为革命夫妻。”

81. 海河岸边，赤碱滩头。5月。

田万顷和瞎老伴在土坡上挖野菜。

梁满仓和梁兴业在分水口踏翻车拉稻水。

满仓：“万顷，另投个富户租块地种吧！”

万顷：“两个老家伙还拼那个命干吗？有口吃活，没吃拉倒。”

满仓：“什么时候力耕回来就好了。”

万顷：“我已不指望这个了，也许他不回来更好。”

82. 柳溪村。（时间同上。）

胡汉三尾随国民党军杀回来。

红军被迫转移。

田力耕向群众宣讲：“敌人大举对我们清剿，来势汹汹，我连奉上级指示暂时撤退，留下少量赤卫队帮助乡亲们隐蔽，与敌人周旋。敌人的进攻不会持久，我们很快会打回来。”

红军撤走了。胡汉三回来了，威逼部分留守群众：“各位父老乡亲，没想到吧，我胡汉三回来了。谁拿了我的什么，给我送回来，谁吃了我的什么，给我吐出来，过去欠我的账，那可得连本带利一块算！”

83. 柳溪乡边界。不久以后。

田力耕、林道、柳荫等开会。

田力耕宣布：“敌人的清剿已被红军粉碎，上级指示我们夺回柳溪失地，恢复红色政权。”

84. 柳溪村，胡家大院门前。（时间同上。）

田力耕等率部队消灭守卫敌军，击毙胡汉三。

群众迎接红军，说：“可把你们盼回来了。”“这次你们可别走了。”

力耕：“乡亲们，这里已经成为巩固的苏区了。我们要跟随主力红军继续东进，扩展新区。”

85. 赤碱滩头，海河分水口。（时间同上。）

田万顷下几张小挑网逮鱼。

潘得利来找万顷：“万顷老弟，我有三十亩稻田要雇人插秧，起苗插秧全包，一亩地开一块大洋，管三顿饭，你来干吗？”

万顷：“潘富户，我老伴哭闺女把眼睛哭坏了，我每天早、中、晚都得回家给她做饭，一天恐怕插不完一亩秧。”

得利：“你只要能插好秧，你老伴的饭我也管了。”

万顷：“啥叫插好秧呢，撮匀、行齐、不倒苗，不成吗？”

得利："成了！你明早过来，我告诉你是哪片地，我另外还有二十亩地想自家栽呢。"

万顷起网，拿小笊篱把小鱼捞到破瓦罐里。

得利眼红："小鱼真不错，万顷，便宜些卖给我吧，明天给你们当饭菜。"

万顷把瓦罐提到得利眼前说："拿走吧！"

得利接着瓦罐虚让："这怎么好意思？嘿嘿，嘿嘿！"

万顷："不值钱的。"

86. 赤碱滩乡公所门前。几天以后。

钱有武派人敲锣召集村中人。

天津县收税员讲话："县府有令，从今日起预征民国三十七年、三十八年人头税和田税，限十日内交齐。"

梁兴业等乡民："你们一年想征几回税呀，二十年后的税都要开征了？"

钱有武："这怕什么呢？现在交了，到那时就不交了嘛！"

乡民："可我们现在上哪给你们弄这份钱去？"

收税员："兄弟也是上支下派，你们尽快想办法吧！"

87. 福建省，龙岩县，红四军军部。6 月。

毛泽东提出："在土地革命中，对在乡地主家属应酌量分与田地，给以生活出路，使其成为劳动者；对富农只没收其自耕处多余的土地。"

88. 福建省，汀江畔，土楼村，黄家大院。（时间同上。）

地主黄静波召一佃户讲："你租我那块地，明年每亩加租谷三十斤。"

佃户央告："哎呀，黄老爷，您行行好，减点吧！"

黄静波："我尽给别人行好了，谁给我行好啊？"

佃户："黄老爷，我没欠过租谷，按时节都献礼……"

黄静波："那都没用，我的地，我要怎样就怎样！"

佃户："那，这块地我实在种不起，您赏脸给换块地吧！"

黄静波："这块地西边有七亩地，你要种，租给你。"

89. 土楼村外。（时间同上。）

黄静波佃户来看改租之田，地势湿洼，杂草砾石密布。

佃户对家人说："这块地不知荒了几年了，连排水沟都淤死了。"

家人："黄鼠狼没安好心，这是变相地坑人，叫我们白给他家整荒田，挖排水沟。"

佃户："唉，不租地，没别的活路，租地，这条穷命也捏在人家手里。"

这时，突然枪声响起，一支红军队伍出现了。

90. 黄家，大院门口。（时间同上。）

黄静波狼狈逃走。

田力耕等率队伍来到，挂起"土楼乡苏维埃政府"的牌子，张贴《红四军布告》："我们红军受共产党的领导，执行民权革命三大任务，打倒帝国主义，打倒地主阶级，打倒国民党政府，以帮助工人、农民及一切被压迫阶级得到解放为宗旨。……从今年起，田地归耕种的农民所有……"

穷苦百姓们欢迎红军，分田分粮。

91. 南京，国民政府。1930 年 9 月。

蒋介石在讨论《中华民国土地法》时讲话："今日中国之土地，不患缺乏，亦不患地主把持，统计全国人口与土地之分配，尚属地浮于人，不苦人不得地，唯苦地不整理。”

92. 上海，中共中央秘密驻址。1931年3月。

中共中央委员会会议，向忠发、周恩来、王明、博古、刘少奇、王稼祥、任弼时、康生等出席。

会议通过《土地法草案》：“地主不分田”“富农分坏田”。

93. 江西省，瑞金县叶坪村。11月7日。

第一次全国工农苏维埃大会召开，毛泽东、朱德、王稼祥、任弼时等出席。

大会通过《中华苏维埃共和国土地法》：“被没收的旧土地所有者不得有任何分配土地的权利”“富农被没收土地后可以分得较坏的劳动份地。”

94. 莫斯科，中共驻共产国际代表团。1932年3月。

王明写成《为中共更加布尔什维克化而斗争》：“……在某些苏区内一部人中表现最明显的是：（1）曲解巩固根据地的策略为‘退却路线’‘保守主义’；（2）曲解在一定条件下去争夺和占领城市的国际路线为无论何时都不能占领任何城市；（3）遇有敌人进攻，不顾及敌我力量对比，便主张‘逃跑’‘躲避’和‘退让’的政策；……在苏区中，有些个别地方延缓没收和分配地主的土地，使地主残余、富家分得较好的土地，把地主当作富农，把富农当作中农，……”

95. 南昌，军官训练团。1933年10月。

蒋介石召开军事会议，德国军事顾问塞克特出席。

蒋介石：“我决心三年之内肃清赤祸，不成功，则成仁。

我今年只有四十七岁，至少还有二十年好干。”

96. 江西省，黎川县。(时间同上。)

红军与白军展开激战。

97. 瑞金，中共中央局。(时间同上。)

共产国际驻中共中央军事顾问李德（德共党员）对博古、毛泽东、洛甫、周恩来、朱德、刘少奇等讲：“红军应从分散的游击战争转变到集中的正规战争，挥起两个有力的铁拳，在各条战线上迎头痛击敌人，御敌于国门之外。”

博古:“对，绝对不允许敌人蹂躏苏区一寸土地。”

毛泽东：“红军主力应突进到浙江、江苏、福建、安徽等地区，跳出敌人堡垒圈子打，在运动中消灭之。”

博古:“这是逃跑主义。我们有足够强大的力量就地歼灭敌人。”

98. 福建省，建宁县。11 月。

红军与白军硬碰硬猛打。

99. 莫斯科，克里姆林宫。12 月 1 日。

共产国际执行委员会第十三次全体会议，美国共产党代表福斯特、英国共产党代表波立特、法国共产党代表多列士、日本共产党代表野板参三等出席 。

王明发言：“……中华苏维埃共和国的领土已经发展到比任何西欧和东方资本主义列强的领土都大些。……现在正式红军已经约有三十五万人……如果没有日、美、英、法、德等帝国主义者拿金钱、军火、顾问等的帮助，蒋介石和整个国民党早已被强有力的人民苏维埃革命推倒了。……列宁曾直接提议‘每个愿意加入共产国际的党，应该誓死帮助每个苏维埃共和国及其反对反革命势力的斗争，中国共产党完全有权力向兄弟党——首先是日、美、英、法、德的兄弟党，要求执行这个起码的光荣的任务，以便用各国劳动者的兄弟联合去对抗全世界帝国主义和国民党的反革命联合。”

100. 江西省，广昌。1934 年 4 月。

白军大举进攻红军。

李德、博古、朱德亲临前线，指挥红军坚守阵地。

红军战士们高呼：“保卫苏维埃共和国！保卫家乡！保卫土地！保卫胜利果实！”浴血苦战，伤亡惨重，被迫撤退。

101. 土楼乡，9 月。

田力耕、林道等参加反白军大围剿战斗，付出巨大代价，不能取胜，西撤汀江。

田力耕和柳荫（怀抱四岁儿子田种）话别：“我随部队转移，你带着小田种跟赤卫队上山吧！”

柳荫含泪问：“队伍什么时候能回来呢？”

力耕：“我想，过不了一年半载就能回来。”

柳荫：“无论多久，我和小田种等着你。”

红军走了，黄静波率地主还乡团尾随白军杀回来。

黄静波：“高天厚土，祖先神灵，我黄静波又回来了。我要让土楼村家家过火，人人过刀！”

千百间民房被焚毁，千百名群众被杀害。

黄静波：“共产党在这里你们乐够了，从现在起，我要天天看着你们哭！”

102. 广西，湘江段。11 月。

田力耕和林道随红军转战。

林道：“离苏区越走越远了，敌人仍以数十万众前堵后追。”

田力耕：“我们要转战到何时才算终了，哪里是我们的立脚点呢？”

在突围战斗中，林道牺牲。

画外歌起：“一送红军下了山，秋雨绵绵秋风寒。树树梧桐叶落尽，愁绪万千压在心间。问一声亲人，红军啊，几时人马再回还……”

103. 贵州省，遵义。1935 年 1 月。

红军攻占全城。

中共中央政治局召开扩大会议，毛泽东、周恩来、朱德、洛甫、王稼祥、刘少奇、博古、李德等出席。

字幕：12 日至 18 日，中共中央政治局扩大会议批判了李德、博古军事路线，恢复毛泽东军事路线。

104. 云南省，金沙江，5 月。

红军在胶平渡用七条木船过江北上。

105. 四川省，夹金山，6 月。

红军穿翻越大雪山，许多战士冻、饿、累死在山路上。

106. 四川省，松潘草地，8 月。

红军翻越荒凉沼泽区，许多战士因饥饿、疲劳、沉陷而死于泥沼中。

107. 甘肃省，腊子口，9 月。

红军斩关夺隘，打通北进道路。

108. 陕西省，吴起镇，10 月。

长征红军与当地红军会师。

画外歌声：……十送红军上大道，锣儿无声鼓不敲，双双拉着长茧的手，心像黄连脸在笑，血肉之情怎能忘，红军啊，盼望早日传捷报。

109. 北平郊外，卢沟桥。1937 年 7 月 7 日。

日本侵略军进攻国民革命军第二十九路军，二十九路军奋起还击。

110. 北平，7 月 29 日。

日本侵略军占领全城。

111. 天津。7 月 30 日。

日本侵略军占领全城。

112. 东碱滩村。8 月

日本侵略军进村。

钱有武和金成山把乡公所的牌子改为“乡治安维持会,”大门上挂起日本国旗，围墙上写标语，日中亲善，共存共荣。”

保安队改称：“皇协军”，配合日本驻防军强抓梁兴业等壮劳力在村口修筑炮楼。日本军官说：“前面这几所民房阻碍视线，全部拆掉，老百姓统统赶走。”

金成山：“是！是！马上办。”

钱老爷和金老爷两人牵头，本乡大富户在“维持会”内共同宴请日本驻防军军官。钱、金等恭维：“祝大日本帝国天皇陛下万寿无疆！祝大日本皇军武运长久！”

113. 南京，国民政府。9 月。

周恩来、朱德等与蒋介石会谈，递交《中国共产党为公布国共合作宣言》我们为了挽救祖国的危亡，在和平统一团结御侮的基础上，已经与中国国民党获得了谅解，而共赴国难了。……因此，中共中央郑重宣布，1. 孙中山先生的三民主义为今日中国之必需，本党愿意为其彻底的实现而奋斗。2. 取消一切推翻国民党政权的暴动政策及赤化运动，停止以暴力没收土地的政策。3. 取消现在的苏维埃政府，实现民权政治，以期全国政权之统一。4. 取消红军名义及番号，改编为国民革命军，……本党这种光明磊落大公无私与委曲求全的态度，……已获得同胞们的赞许。”

蒋介石发表谈话：“今日凡为中国国民，但能信奉三民主义而努力救国者，政府当不问其过去如何，而使有效忠国家之机会。对于国内任何党派，只要诚意救国，愿意在国民革命抗敌御侮之旗帜下共同奋斗者，政府无不诚意接纳，使集中于本党领导之下，而一致努力。”

114. 南京，国民政府。10月。

军政部长何应钦向蒋介石报告：“华北、华东、华中，日军都在集结重兵向中央军扑来。”

蒋介石：“共产党天天唱抗日的高调，这次让他们抗一抗，命令中央军从日军重压的地方后撤，叫共产党部队顶上去，等他们和日本人打得两败俱伤，我再出来收拾残局，这就叫鹬蚌相争，渔翁得利。”

115. 南京，12月。

国民政府迁走，日军占领全城，展开惨绝人寰的大屠杀。

116. 山西省，太行山区。(时间同上。)

红军改编为国民革命第八路军，开赴抗日前线。

田力耕随大队东进。

国民党部队撤退下来，看八路军装备极差，讥讽：“共产党一向夸口说，他们的枪炮都是从我们手中夺取的，现在让他们从日本人手中去夺取吧！”

117. 河北省、河南省、山东省、安徽省、江苏省诸地，1939 年春。

共产党领导的八路军、新四军与日寇展开游击战，许多战士用长矛杀敌，夺回长枪。

画外歌声：“我们都是神枪手，每一颗子弹消灭一个仇敌，我们都是飞行军，哪怕那山高水又深。……没有吃没有穿，自有那敌人送上前，没有枪没有炮敌人给我们造。……”

118. 海河岸边，赤碱滩头，盛夏。

连续三个月，天旱无雨，海河见底，稻田缺水变干，秧苗枯死。

田万顷等在海河深底用小踢网逮鱼，几乎无鱼可逮。

梁满仓等在租田里叫苦连天:“天爷爷，天奶奶，下场雨吧。”

119. 海河岸边，赤碱滩头，入秋。

连续一个月，大雨不断，海河水暴涨，水漫过堤坡，稻田成泽国。

梁满仓等在租田里修坝排水，怨声载道：“天爷爷，天奶奶，快停雨吧。”

120. 赤碱滩村。(时间同上。)

田万顷等小户想方设法用木板、草靶加固土屋。

金、钱等大户的宅子虽处高处，仍封院坝。

121. 海河岸边，赤碱滩头，8 月 30 日中午。

海河决堤，洪水瞬间冲入赤碱滩村。

田万顷这时正在岸头撒网捕鱼，见状，丢弃渔网，涉水向家跑，远远望见多家土屋坍塌，急叫："他娘！他娘！"快到家时，突见破屋倒塌。

122. 海河岸边，赤碱滩头。一个月后。

洪水退尽，田万顷等多家为受灾死去的人下葬。

稻田大部分绝收，佃户们收割时愁眉苦脸。

梁满仓对一家人说："这点粮食打下来，连交租都不够啊！"

123. 天津，日本租界地福岛街41号，大日本帝国兴亚院华北联络部，1940年1月。

农政班长东畑四郎会见军粮城精谷株式会社专务取缔役加藤三之辅、华北自治联军指挥官伊达等，说："我们非常重视华北盐碱地带的水田开发事业，在那里留住的日本人的粮食务必尽快地采取当地自给的办法，因此希望建设必要的机米厂，当地稻谷征购、加工、储运全部受军事管制，中国商人和私人一律禁止收买、私藏、贩运，违者罚款、没收、处决。"

124. 军粮城机米厂，11月。

此地址与军粮城火车站相距不远。

日式碾米设备组装完成，用300马力蒸汽机试车投产。

华北自治联军部队在厂外建炮楼守卫。

125. 金家大院。（时间同上。）

金大管家召集梁满仓等佃户讲："如今本地稻谷征购都由日本人包揽，金家出租的稻田以后改收租粮为收租金，一等田每亩收联行票900元，二等田每亩收800元。"

满仓等私议："这是要让租田户破产啊！日本人征谷每斤只出价 5 元，他家租金要合每斤 10 元。"

126. "日中实业公司"军粮城农场稻场，深冬。

田万顷和梁满仓在烂稻草堆里寻捡稻粒。

127. 赤碱滩村口。（时间同上。）

田万顷和梁满仓怀揣捡的小布袋儿稻粒回家，遇到几个日本驻军和钱有武、金成山。金成山从老田、老梁身上搜出稻粒。

钱有武叫嚣："你们敢私藏细粮！"

万顷和满仓争辩："这不是藏的，是捡来的。"

日本兵听不出他们说什么，但见他们顶嘴，晃动长枪上刺刀，向二人刺去。

万顷和满仓当场毙命。

128. 赤碱滩头，两天后。

乱葬岗上又添新坟。

梁兴业夫妇和长子梁斗、小儿子梁担及若干亲友邻居为两个屈死的老人发丧。

人们眼神中又悲又愤。

129. 军粮城机米厂前炮楼，不久以后。

夜深人静，月色全无，暗星点点，寒风习习。

十几个身影从海河南边溜冰过来，秘密接近炮楼，突然开枪，打死上头的巡逻哨，随即扔出炸药包。

130. 梁兴业家。（时间同上。）

梁兴业和老婆、孩子闻听爆炸声起来，从后窗远望军粮城方向火光冲天，又听街上有人喊："机米厂遭袭了。"

兴业妻子对兴业说："这是谁干的?"

兴业："听说河对面葛沽、小站一带有八路军武工队活动，一定是他们干的。"

梁斗："炸得好，早该收拾这帮狗东西了。"

这时，他们又听见村头炮楼上乱放枪。

131. 赤碱滩村。次日。

钱有武和金成山指使手下敲锣叫喊："乡邻听着，皇军示下，治安强化，一户抗日，十户皆杀!"

132. 赤碱滩小学。(时间同上。)

钱有文召集全体师生在操场开会，梁担站在学生队伍里。

大会主持人说："请钱校长训话。"

有文："中国联日乃是兴邦之道，因为中日同文同种，只有中日亲善，才能共建乐土，中国有土地不能利用，人家来帮助我们开发资源，有人却说这是我们的故土，不许干涉，就没有道理了。'人非圣贤，孰能无过'，日本人中可能也有鲁莽从事者，要以友谊为重，采取谦和忍让的态度。曾子曰：'犯而不校，昔者吾友尝从事于斯矣。'"

主持人带头喊："大日本帝国万岁!"

梁担在人堆里喊："大日本帝国玩儿完!"

133. 华北抗日根据地，荒坨乡民主政府。1942年春。

田力耕等会见各界代表。

田力耕讲话："我党在建立地方政权时采取"三三制"原则，即共产党人占三分之一，非党进步人士占三分之一，开明绅士占三分之一，目的在于调动各方面积极性，避免一党包办，在财政方面实行统一累进税，即收入高的多交些税，收入低的少交些税，合理负担抗日费用。在土地政策上实行农民交租交息，田主减租减息，租金和利息分别减少百分之二十五和百分之十五。”

地主侯占魁：“共产党、八路军领导人民坚决抗战，本人衷心拥护，国家兴亡，匹夫有责，我的地多，愿为抗战多效劳。”

几个士绅表态：“我等均愿有钱出钱，有粮出粮，有力出力。”

134. 北平，翠明庄，日本华北派遣军司令部。10月。

日本华北派遣军司令冈村宁次宣布“建设华北，完成大东亚战争”“剿灭共党，肃正思想”。

135. 荒坨乡。（时间同上。）

日本侵略军从占领城镇出动，大举“扫荡”抗日根据地。

八路军且战且退。

田力耕向群众宣讲：“我们队伍暂时撤走，到外线作战，很快会回来的，最后的胜利一定是属于我们的。”

八路军和大批群众转移。

日本侵略军占领荒坨村。

侯占魁指使手下人在原乡民主政府驻地挂起“乡治安维持会”的牌子，铲掉墙上“全民一致扑灭倭寇”的标语，写上：“中日提携，建立大东亚共荣圈！”

侯占魁从被围捕的群众中向日本侵略军指认抗属：“他们家有人当八路，这个人给共党送过粮食。”

日本侵略军将侯占魁指认了的人全部杀害。

侯占魁对群众说：“共产党在的时候，你们哪个瞧得起咱爷们儿，现在天变过来了，无论是谁，少交我的租子都得补上。”

136. 日军占领城镇，12月。

八路军趁敌人兵力外调“扫荡”，守备空虚之机，袭击薄弱守敌，取胜。

田力耕看《区党委指示》：“经过我广大军民英勇战斗，敌人这次的残酷扫荡已被粉碎。目前敌人正向主要据点收缩兵力，各分队应调整行动，恢复老根据地，重建民主政权。”

137. 荒坨村。（时间同上。）

八路军消灭小股皇协军，活捉侯占魁。

侯占魁跪地求告：“老少爷们，饶命啊！”

群众狂吼：“打死他！打死他！不能饶啊！”

田力耕当场宣读布告：“汉奸恶霸侯占魁勾结日寇，充任伪职，残害抗属，欺压群众，作恶多端，法当严办，经上级批准，判处死刑。”

侯占魁被枪决。

群众欢声雷动。

138. 陕甘宁边区首府延安，中央大礼堂，1945年4月。

中国共产党第七次全国代表大会召开，毛泽东做报告：“一九二七年至一九三六年，中国共产党实行了彻底改革土地制度的办法，实行了孙先生的‘耕者有其田’的主张。……抗日期间，中国共产党让了一大步，将‘耕者有其田’的政策改为减租减息的政策。这个让步是正确的，推动了国民党参加抗日，又使解放区的地主减少其对于我们发动农民抗日的阻力。这个政策，如果没有特殊阻碍，我们准备在战后继续实行下去。首先在全国范围内实现减租减息，然后采取适当方法，有步骤地达到‘耕者有其田’。但是背叛了孙先生的人们，不但反对‘耕者有其田’，连减租减息也反对，国民党政府自己颁布的二五减租一类的法令，自己不实行，仅仅我们在解放区实行了，因此也就成为罪状：名之曰‘奸区’”。“我们的任务不是别的，就是放手发动群众，壮大人民力量，……在我党的领导下，为打败日本侵略者，为建设一个光明的新中国而奋斗。”

139. 东北、华北、华东、华中、华南诸地，8月。

八路军、新四军向日本侵略军展开大反攻，迅猛扩大解放区，缩小沦陷区。

画外歌声：“向前、向前、向前，我们的队伍向太阳，脚踏着祖国的大地，背负着民族的希望，我们是一支不可战胜的力量，我们是善战的健儿，我们是人民的武装，从无畏惧，绝不屈服，坚决抵抗，直到把日寇逐出国境，自由的旗帜高高飘扬。听！风在呼啸军号响；听！抗战歌声多嘹亮，同志们整齐步伐奔赴解放的疆场，同志们整齐步伐奔赴敌人的后方，向前、向前，我们的队伍向太阳，向华北的原野，向塞外山岗。”

140. 国民政府临时首都重庆，林园。(时间同上。)

蒋介石会晤美国驻华大使赫尔利：“我们没想到八年苦战，共党不但未被消灭，反而从残存的三万人马发展到九十万之众，地盘从西北一隅扩大到东北、华北、华东、华中、华南。”

赫尔利：“蒋先生既已邀毛泽东来重庆谈判，给他们几个官位，使其交出军队和地盘，如法国戴高乐总统对付法共多列士一般，事情便可解决。”

蒋介石：“天底下不都是法国共产党那样的傻瓜，毛泽东更不是多列士。”

赫尔利：“他们不就范，美英都支持蒋先生以恢复军令、政令统一讨伐之，眼下日军战败，你们首先应加紧从其手中接收权力。”

141. 南京，中国陆军总司令部大礼堂，9月9日。

9时，国民党中央委员、中国陆军总司令何应钦与日本中国派遣军司令冈村宁次出席中国战区日军投降签字仪式。冈村宁次签署投降书。何应钦在投降书上签字表示受降。

142. 天津，10月。

美国空军用飞机运送国民党九十四军来接收日军防地。

国民党军缺少营房，便占用市民住的大杂院：“你们全都滚蛋，这里我们要住。”

143. 赤碱滩村。(时间同上。)

钱有武、金成山派手下摘下“乡治安维持会”牌子，换成“乡公所”牌子，铲除墙上，“皇军必胜”的标语，改写“反共建国。”

钱老爷、金老爷等豪绅在乡公所宴请国民党接收大员，各献厚礼。

钱有武讲话：“兄弟们八年来一直是身在曹营心在汉，忍辱负重、委曲求全，只盼中央军早日打回来呀！”

接收大员：“中央军一时还顾不及全面，你们要担负起维持地方治安，防止共匪捣乱的责任。”

金成山：“职责所在，义不容辞。”

144. 赤碱滩小学。(时间同上。)

钱有文召集全体师生训话：“诸生在校应努力求学，都能修其孝悌忠信，入则事其父兄，出则事其长上，将来以雄厚学识报效领袖，报效党国。”

梁担等在底下私议：“领袖是什么东西？”“领袖不是东西，是个人，叫‘蒋该死’，还是叫什么？”“党国是什么人？‘党国不是人’！”

有文：“诸生须解党国之意，党是国民党，国是‘中华民国’。”

145. 钱家大院。(时间同上。)

钱大管家召集钱家佃户讲话：“钱老爷吩咐下来了，从今以后，佃户们交租金改交租谷。”

佃户们私议：“看人家多会算计呀，鬼子在时，米谷统制，他们就改收租金，现在收租谷划算了马上就又改回来。”“吃不穷，花不穷，算计不到才受穷。”

146. 赤碱滩村，几天以后。

钱有武派人上街，敲锣打鼓宣扬：“国府通告，伪联行票必须到指定银行兑换法币，一百元伪联行票兑换一元法币，一月为限，过期作废。”

群众闻听叫苦“这不是存心坑人嘛，市面上联行票不过二十元兑换法币一元”“国府要发抗战财，百姓可遭了胜利殃”！

梁兴业说：“狗急了还跳墙呢，官逼民反，民也不得不反！”

147. 延安，中共中央驻地。1946年5月4日。

刘少奇起草《中共中央关于清算减租及土地问题的指示》：“……（一）在广大群众要求下，我党应坚决拥护群众从反奸、清算、减租、减息、退租、退息等斗争中转变到从地主手中获得土地，实现耕者有其田；……（二）坚决用一切方法吸收中农参加运动，并使其获得利益，决不可侵犯中农土地，……（三）一般不变动富农的土地，如在清算退租土地改革时，由于广大群众的要求，不能不有所侵犯时，亦不要打击得太重。……（四）对于抗日军人及抗日干部的家属于豪绅地主成分者，对于……开明绅士……在运动中应谨慎处理，适当照顾，一般应采取调解仲裁的方式。（五）对于中小地主的生活应给以相当照顾，对待中小地主的态度，应与对待大地主豪绅恶霸的态度有所区别，应多争取调解仲裁方式解决他们与农民的纠纷。（六）集中注意于向汉奸、豪绅、恶霸作坚决的斗争使他们完全孤立，并拿出土地来。但仍应给他们留下维持生活所必需的土地……（七）除罪大恶极的汉奸分子的矿山、工厂、商店应当没收外，凡富农及地主所设的矿山、工厂、商店不要侵犯，以免影响工商业发展。……”

148. 东北解放区。草甸乡。6月。

田力耕召开群众大会，讲话：“共产党号召实行土地改革，是要消灭封建地主剥削制度，并不是简单地要消灭地主本身。恶霸地主及其忠实奴才，必须依法惩办，一般地主只要拥护土改，都能宽大处理。”

地主杨茂财：“耕者有其田，有饭大家吃，这是合情合理的要求。咱家地多，咱愿献地，以后也要下地种田，自食其力。”交出地契。

其他地主：“地契全在这里，咱愿献出。咱过去对不住乡亲的地方，望原谅，今后咱要做个好公民。”

田力耕带领乡农会干部烧地契，然后签发新土地证。

领证贫下中农欢呼：“共产党万岁！”“毛主席万岁！”“民主政府万岁！”

画外歌声：“解放区的天，是明朗的天，解放区的人民好喜欢，民主政府爱人民，共产党的恩情说不完。……”

149. 南京，国民政府。10月。

蒋介召开军事会议，宣布：“国军要在五个月之内打垮共军。”

150. 东北 、华北、华中各解放区。(时间同上。)

中国人民解放军对国民党反动军队展开自卫战争。

151. 延安，中共中央驻地。1947年1月到3月。

毛泽东写《党内指示》：“……关于作战方法，注意多打歼灭战，少打击溃战。打歼灭战的条件有二：（一）集中优势兵力包围敌军一部分，每打一仗只打一部分，切不可同时打几部分。（二）以主力打迂回，以一部打正面，切不可以一部打迂回，以主力打正面。……”“中外反动派将继续用全力反对中国人民，蒋管区的法西斯统治将更加紧，解放区的某些部分将暂时变为沦陷区或游击区，部分革命力量可能遭受损失。……凡此种种，全党同志都必须充分地估计到，并准备用百折不挠的毅力，有计划地克服所有困难。……”

国民党军大举进犯。

毛泽东率党中央转移。

152. 草甸乡。（时间同上。）

国民党军猛攻解放军防地。

田力耕和几个连队干部准备率领本连队撤离。

当地战士和家属告别：“部队要转移了。”

家属：“你们不会走远吧？”

战士：“我想走不远。”

家属：“你们要不走就好了！你们一走，咱的胜利果实就难保了。”

战士：“反动派要打内战，咱就得跟它干，打仗总得有进有退。”

一些战士私议：“部队再撤退，我请求干地方去。”“你这个思想很成问题，干地方去？没有主力，你这个地方怎么也保不住。”“这些房子、地，哪一样不是从日本鬼子手里夺回来的？说什么也不能让反动派再来祸害！”

田力耕向上级首长汇报：“连队许多同志对运动战搞不清楚。”

上级首长指示：“你们要多做教育宣传。让同志们明白，今天我们放弃一些地方，是为了将来永久地保住这些地方；今天我们丢下正面的敌人不打，是为了将来彻底消灭它；今天群众吃些苦头，受些损失，将来会得到更大的利益，更大的幸福。”

田力耕回答：“是。”

战士们在转移中唱歌："革命军人个个要牢记，三大纪律八项注意；第一一切行动听指挥，步调一致才能得胜利；第二不拿群众一针线，群众对我拥护又喜欢；第三一切缴获要归公，努力减轻人民的负担……"

解放军撤走。

国民党军杀来。

杨茂财投靠反动军队，向匪军官指认解放军家属："他的儿子是共军。"

匪军官逼迫解放军家属："只要你写信叫你儿子回来，投靠国军，我就放了你。"

解放军家属："我是要写信叫我儿子回来，我要叫他回来把你们消灭干净！"

匪军官："老顽固，不想活了！"开枪把人打死。

杨茂财对群众说："你们都把土地证交出来！共产党烧了老契，可是这四乡八村的地原属谁家，各人心里都有数。"

153. 东北战场。1948 年 9 月至 11 月。

中国人民解放军发起了辽沈战役。连战连捷，缴获大量美制大炮、美制坦克。

154. 草甸乡。(时间同上。)

田力耕等率部队杀回来，击毙杨茂财。

通讯员送来上级指示，田力耕等连队干部传阅："东北全境解放，党中央指示我们发扬连续作战精神，不怕疲劳，立即南下入关，配合华北野战军，发起平津战役。"

力耕激动地说："这下要打回老家去了。"

155. 赤碱滩乡公所门前。(时间同上。)

钱有武派人敲锣召集乡民。

天津县收税员："县府有令，从今日起预征民国五十七年、民国五十八年之人头税和田税，限十日内交齐。"

梁兴业带头叫："我们没有这份钱，不交!"

钱有武："抗税是要受到法办的。"

乡民："就是不交，看你们怎么办？"

一老者抱怨："你们凭什么征我们二十年后的税，说出个道理来？那时候我这老命也许早都没了！"

收税员："老东西，你还不该死呀！"

梁兴业带领乡民们追打收税员。钱有武、金成山看这个阵势，吓得躲了起来。

收税员逃出村子。

梁兴业对乡亲们说："你们知道吗？如今的世道可跟早先不同了。现在不管是城里还是乡下，到处的老百姓都在闹翻身，领头的是共产党，号召工人管理工厂，土地归农民所有。"

乡亲："共产党的号召要是搞成了，咱们的苦日子就算熬到头了。"

兴业："这一天不远了。"

乡亲："财主老爷们有权有势呀？"

兴业："咱只要人人心齐，他们那点权势就是纸糊的。"

156. 天津。1949 年 1 月 14 日。

中国人民解放军发起天津战役。

田力耕率部队在战斗中经过赤碱滩。

金老爷在逃跑中死掉。

钱有武、金成山负隅顽抗被击毙。

金成海携款逃走。

钱老爷被活捉，做为恶霸地主、汉奸在群众大会上被公审处决。

钱大管家、金大管家都被批斗。

157. 赤碱滩头。(时间同上。)

田力耕在梁兴业陪同下，到父母坟前祭奠。

158. 赤碱滩村。2月。

田力耕和梁兴业等召集群众代表开会，把乡公所的牌子摘掉，挂起“乡农会”的牌子，贴出《中国土地法大纲（中国共产党全国土地会议1947年9月13日通过）》：“……乡村中一切地主的土地及公地，由乡村农会接收，连同乡村中其他一切土地，按乡村全部人口，不分男女老幼，统一平均分配，在数量上抽多补少，在质量上抽肥补瘦，使全乡人民均获得同等的土地，并归个人所有，……”

他们又张贴《怎样分析农村阶级（1933年10月，毛泽东）》：“一、地主。占有土地，自己不劳动，或只有附带的劳动，而靠剥削农民为生的，叫作地主。地主剥削的方式，主要是收取地租，此外或兼放债，或兼雇工，或兼营工商业。有些地主虽然已破产了，但仍不劳动，依靠欺骗，掠夺或亲友接济等方法为主，而其生活状况超过普通中农者，仍然算是地主。军阀、官僚、土豪、劣绅是地主阶级的政治代表，是地主中特别凶恶者。富农中亦常有较小的土豪、劣绅。帮助地主收租管家，依靠地主剥削农民为主要的生活来源，其生活状况超过普通中农的一些人，应和地主区别对待。

依靠高利贷剥削为主要生活来源，其生活状况超过普通中农的人，称为高利贷者，应和地主一例看待。二、富农。富农一般占有土地，但也有自己占有一部分土地，另租入一部分的。也有自己全无土地，全部土地都是租入的。富农一般都占有比较优裕的生产工具和活动资本，自己参加劳动，但经常地依靠剥削为其生活来源的一部或大部。……三、中农。中农许多都占有土地。有些中农只占有一部分土地，另租入一部分。有些中农并无土地，全部土地都是租入的。中农自己都有相当的工具。中农的生活来源全靠自己劳动，或主要靠自己劳动。对别人有轻微的剥削，但非经常的和主要的。四、贫农。贫农有些占有一部分土地或不完全的工具；有些全无土地，只有一些不完全的工具。一般都经租入土地来耕，受人地租，债利剥削。中农一般不要出卖劳动力。贫农一般要出卖劳动力，这是区别中农和贫农的主要标准。五、工人。工人（雇农在内）一般全无土地和工具，有些工人有极小部分的土地和工具。工人完全地或主要以出卖劳动力为生。”

梁兴业：“请本乡土改工作队队长田力耕同志讲话。”

力耕：“同志们，乡亲们，我们依靠乡农会和各村贫农团组织，划分了各村居民的阶级成分，严惩了极少数的长期横行乡里、为非作歹的恶霸地主和二狗子。今天劳动人民当家做主了。现在按照《土地法大纲》规定，以乡为单位插牌分田。具体办法请乡农会主任梁兴业同志做说明。”

兴业拿稿子念：“赤碱滩村是个大村，土地最多，其中一部分要划给东西排地和北大窑，以保证全乡居民土地分配均匀，最大限度满足全体贫下中农的愿望。一般地主只要老老实实交出土地，也应分得一份。富农的土地只没收超出贫下中农应分土地数量的部分。富裕中农的土地概不没收，听凭自愿。根据工作队和乡农会调查统计，全乡耕地人均为二亩三分，各村地界划定后，由贫农团组织全体村民按户抓阄排号平分。乡农会负责督促、检查。若发现问题，上级政府还会指导、纠正。”

潘得利站起讲话：“咱是个富裕中农，咱家里八口人，有五十亩稻田，每年都有二三十亩要雇人栽秧、收割。雇人就是剥削，咱不能再剥削乡亲了，咱自动献出二十五亩田，有二十五亩够自家种就行了。”

群众鼓掌。

潘得利：“咱自动献地，往后乡亲们该对咱另眼看待了吧?”

大家都笑了。

159. 海河岸边，赤碱滩头。(时间同上。)

土改工作队和乡农会人员组织村民丈量土地，插牌分田。

160. 赤碱滩小学。(时间同上。)

田力耕会见钱有文：“你在本乡执教三十多年，虽然说过一些错话，但没有劣迹，与你的父兄不同。你家的土地和大院依法是必须没收的，你现在的住房和你的砖窑场不在没收之列。”

有文：“多谢！多谢！砖窑场我从未经营过，我愿献给公家。”

力耕："这可以另外商谈。你父兄被民主政权惩办，你应有一个正确认识，不能因此怀恨在心。"

有文："不敢！不敢！我父兄多年欺压乡邻，肆无忌惮，落得今日下场乃是咎由自取，罪有应得。我本人服从民主政权，愿意洗心革面，重新做人。"

力耕："好，希望你能做到言行一致，你的校长职务现在由土改队的文化教导员接替，教师职位仍保留。"

有文："我一定尽力为新政权效劳。"

这时，他们听见学生们唱起了歌："解放区的天是明朗的天，解放区的人民好喜欢，民主政府爱人民呀，毛主席的恩情说不完……"

161. 海河岸边，赤碱滩头。6月。

稻田里的水像镜面一样亮。

刚刚解放了的贫雇农们第一次在自己的土地上辛勤插秧。

而刚刚被斗垮了的地主也第一次在自己分得的土地上学着农民的样子插秧。

162. 赤碱滩村。(时间同上。)

田力耕指挥土改队员整装待发。

梁兴业等欢送土改队员们。

力耕对兴业说："我们的土改工作已经基本完成了，以后的事都交给你们了，上级指示我们随大军继续南下，彻底消灭反动派，解放全中国。"

兴业："盼着你早日凯旋。"

力耕："放心吧，要不了多久我就会回来，和乡亲们一起过太平日子了。”

163. 军粮城火车站。（时间同上。）

田力耕随解放大军乘火车进天津市区，过海河桥南下。

画外歌声：“向前，向前，向前，我们的队伍向太阳，脚踏着祖国的大地，背负着民族的希望，我们是一支不可战胜的力量。我们是工农的子弟，我们是人民的武装，从无畏惧，绝不屈服，英勇战斗，直到把反动派消灭干净，毛泽东的旗帜高高飘扬。听！风在呼啸军号响，听！革命歌声多嘹亮！同志们整齐步伐奔向解放的战场，同志们整齐步伐奔赴祖国的边疆，向前，向前！我们的队伍向太阳，向最后的胜利，向全国的解放！”

164. 河南省黄河铁路桥。（时间同上。）

田力耕随军乘火车驰过。

165. 湖北省，长江畔。（时间同上。）

田力耕随军乘木船渡江。

166. 石桥乡，9月。

田力耕指挥的部队在地方共产党游击队配合下，消灭赵阎王，接着向井冈山地区进发。

167. 土楼乡。（时间同上。）

田力耕指挥的部队在地方共产党游击队配合下，消灭黄静波。

力耕和柳荫及儿子田种团圆。

168. 北京，天安门广场，10月1日。

毛泽东宣告中华人民共和国中央人民政府成立。

169. 天津，海河广场。（时间同上。）

市民们张灯结彩，锣鼓喧天，放花放炮，欢度国庆。

170. 海河岸边，赤碱滩头。10月中旬。

水稻都已成熟，金黄的穗子坠弯了仍泛青的秸秆。

乡亲们开始收割了。到处是热闹繁忙的景象。

171. 赤碱滩村。1950 年 2 月。

人们迎来解放后第一个春节。

所有从前贫雇农家里供奉的菩萨像、财神像都被丢到垃圾堆里，家家都挂起毛主席的画像。

每一家都放鞭炮、包饺子。

但是地主家里却多少带着凄凉。

梁兴业等在村口的大牌坊上贴起大红春联，上联写：共产党号召人民当家做主，下联对：毛主席领导我们翻身出头，横批是：改天换地。

剧终。

图书在版编目（CIP）数据

刘永强作品集／刘永强著．—北京：中国社会出版社，2018.4

ISBN 978-7-5087-5938-8

Ⅰ.①刘…　Ⅱ.①刘…　Ⅲ.①剧本—作品综合集—中国—当代　Ⅳ.①I230

中国版本图书馆 CIP 数据核字（2018）第 062063 号

书　　名： 刘永强作品集

著　　者： 刘永强

出 版 人： 浦善新

终 审 人： 李　浩

责任编辑： 张友华　　　　**责任校对：** 刘小洋

出版发行： 中国社会出版社　**邮政编码：** 100032

通联方式： 北京市西城区二龙路甲 33 号

电　　话： 编辑室：（010）58124863

销售部：（010）58124850

网　　址： www. shcbs. com. cn

shcbs. mca. gov. cn

经　　销： 各地新华书店

中国社会出版社天猫旗舰店

印刷装订： 保定彩虹印刷有限公司

开　　本： 145mm×210mm　1/32

印　　张： 7.5

字　　数： 150 千字

版　　次： 2018 年 5 月第 1 版

印　　次： 2018 年 5 月第 1 次印刷

定　　价： 15.00 元

中国社会出版社微信公众号